KB252792

차향(茶香)에 스며든 인생(人生)

이재용 제3시집

시인의 말

차를 한 지 30년.
무량산 자락에 자리를 잡고 차를 심고 가꾸면서 찻물 끓는 소리를 벗 삼아 지내온 시간이 20년 세월.
차를 우린다는 것은 단순히 잎을 적시는 일이 아니었습니다. 그것은 매일 나를 깨우는 수행이었고 자연이 주는 보배로운 선물을 겸허히 받아 예(禮)를 다하여 나눔의 자리, 달빛차회(40회)를 통하여 찻잔 속에 비친 나의 인생(傘壽)을 가만히 들여다 보는 시간이었습니다.

이슬이 내린 차밭에 찻잎을 따면서 생명의 신비함을 배웠고, 뜨거운 물에 온전히 풀어내는 차향을 보며 나를 비우는 법을 익혔습니다.
찻잔을 마주하며 흘려보낸 숱한 세월 동안 차는 어느덧 제 시(詩)가 되었고 제 삶의 그 자체가 됐습니다.
제3집 차향(茶香)에 스며든 인생(人生)에는 그동안 찻잔 속에 영혼을 담아 길어 올린 이야기들을 사이사이 담았습니다.
차를 좋아하는 이들이라면 누구나 한 번쯤 머물다 갈 수 있는 넉넉한 자리가 되길 소망합니다.

먼 길 마다치 않고 찾아와 비워둔 찻잔을 채워주신 벗들, 지인분들에게 그리고 이 책을 펼쳐든 모든 분께 따뜻한 차 한 잔을 올리는 마음으로 이 글들을 묶습니다. 비록 한 편의 시가 식어버린 찻잔을 다시 데울 수는 없겠지만, 고단한 삶의 길목에서 잠시 멈춰 서서 마음의 웃음꽃을 피울 수 있는 작은 쉼표가 되시길 기대해 봅니다.

찻물 끓는 소리가 정겨운
무량산 자락 향운다원에서
이재용 드림

QR코드 스마트폰으로 QR 코드를 스캔하면
시노래를 감상할 수 있습니다

 제목 : 차향에 스며든 인생

 제목 : 가끔 이런 사람

 제목 : 여울목 지난 참 인생

영상은 YouTube 정책 또는 운영 관리에 따라 삭제될 수도 있습니다.

시인은 자연을 이야기하고 시낭송가는 자연을 품었다
글자는 날개를 달아 언어로 날고 소리는 자연에 눕는다

차향(茶香)에 스며든 인생(人生)

차를 우려 찻잔에 따르고
환희와 희망을 마셨어라

지금
차 머금은 그 맛은
미묘함과 여유로움이
함께 하는 행복이어라

한잔 한잔
차를 통해 자연과 하나 되며
신비함을 느끼는 세월이야

자연이 준 보배요 선물
깨끗하고 좋은 물에
정성으로 만든 차향으로
예를 다하면
삶이 웃음꽃 밭이어라

차가 좋아
한 톨의 씨앗 심어
옥수와 감로수가 흐르는
무량산자락 아래서 차를 덖었어라

찻물 끓는 소리 들으며
찻잔에 영혼을 담아
오가는 벗들을 위해
비워둔 찻잔에 차를 내렸어라

여기에 차 꾼들이 모여
차향을 마시며 살고 싶어라.

인연

.

o

세상사
이와 같아라

평등심 ~ 하나

^ 툭, 찍은 점 하나
너와 나의 만남이요

·점—·점 —선이
선의 만남이 ㅇ이니

모두가 하나요.^

천선의 놀이터

그냥
와요
빈손으로
마음만 가지고

자연의
소리가 있고
따뜻한 차가 있는 곳

정 담고 마음 담은
따뜻한 차 드시고
가시면 됩니다.

마음으로
드리는 차니

부담 없이
차 향과 맛을
느끼고 가세요.

천선의 놀이터
무량산 자락
차밭에서 자란
영혼의 차입니다.

나의 미소

웃음꽃 미소는
나의 명함이다

아무렴

미소 하나
바라보기만 해도

그냥 행복해
그대로 하나뿐
나의 시들지 않는 꽃

차 한잔하시게

봄 내음 풍기는
향기로운 차(茶)
여린 아지랑이

찻잔 속에
정과 사랑 담아놓고
봄의 향기를 드립니다

3월의 끝자락에
싱그러운 초록빛
물들어가는
마지막 오후

차 한 잔으로
추억의 그림을
그리고 가세요

봄 향기
담은 찻잔으로

오늘은 그냥

찻밭에
내린 서리
나의 가슴에도

먼
인연으로 만났던
영원한 벗

찻잔에 찻꽃
띄워 마신 세월

된 서리 내려
따뜻한 차 한잔
우리고 싶구나

매일매일 마시는
차라지만
저 풍경과 함께

오늘따라
외롭게 흐르는
구름

이렇게 홀로
먼 산 바라보며
찻잔 속에
그리움 담아보자

그냥
아무렇게 너를

운무

창문을 여니
새하얀 화선지
날 보고 그림을
그리라 하네

온 세상이
이렇게
깨끗하다고

비단결같이 펼쳐진
아름다운 세상을
난~
어떤 그림을
그려야 하나

이른 아침에

행복이란
화선지에
웃음꽃 미소 담아

외로움도 그리움도 아닌
사랑의 그림을
그리라 하네.

이런 날 추억

흐르는 구름

따뜻한 차
끓여 놓고
피어오르는
차향 맡으면서

지난날을
그리워하며
그때
왁자지껄
달빛차회 그립구나

벌써 25년전 시작이
세월이 흘러 70고개
많은분들이 그립구나

이런날
멍하게 있지만 말고
그때 그날의 추억
소식도 전하고 살자

차를 우리고 마실 때 기쁨

찻물 끓는소리 들으며
준비하는 마음의 설렘

다구를 보면서
느끼는 미적 감흥
따뜻한 찻잔의 온유함

차 색 향 맛의 감미로운
인간다운 우정과 즐거움이
어우러진 찻자리에
소복소복 쌓이는 기쁨

이를 위해 정성스럽게
우린 차를 나누어 마시는
황홀한 기분과
자연적 삶의 보람
무한한 행복감

여기에
고운 벗들이 있을 때
더 아름답고
운치 있는 정다움

차(茶)와 차인(茶人)

차(茶)
자연 그대로
그 모습 그대로
자연이다

사랑과 배려로
사계절 내내
변화무상함

차(茶)나무

차인(茶人)은
차(茶)를 통하여
많은 것을
익히고 배운다

낮춤도 비움도 배려도
서로를 존경하는 예(禮)
사랑하고 공유하면서
이로운 삶의 지혜를

여기에
사계절 풍요를
주고받듯이
차인의 덕목이
이와 같아

늘 푸르른
깨끗한 절개라면
차인(茶人)이라 하겠지

있는 그대로
늘 푸른 찻잎
순결한 하얀 찻꽃
그리움에 그리움이
기다리는 애틋한
실화상봉수

여기
따뜻한 차 우려 놓고
기다리는 차인의 마음.

가끔 이런 사람

간혹 이런 생각을 합니다
세상이 그래도
참 아름답다고

바쁜 현대 사회에서도
여유로운 삶을 살아가는
사람이 있기에

많이 가진 것 없지만
용기와 희망을 전하는
지혜로운 사람

바쁜 인생 여정이지만
고운 마음 받아주리라
다짐하면서

진정 따뜻한 정을 담아
향기로운 차 한잔 권합니다

자연 속 고향집 같은 마음으로
웃음꽃 피우며
차를 따릅니다

앞산에 조용히
흐르는 구름처럼
사심의 마음 비울 수 있는
사람이라면
삶이 참 아름답다고

흙냄새 풍기고
푸르른 모습을 같이 담아
그리워지는 고향의 향수를
이야기할 수 있는
이런 사람이 있다면
참 아름답지 않을까요

작은 것에도
감사할 줄 아는 사람과
차 한잔하고 싶어요.

제목 : 가끔 이런 사람

눈, 눈이다.

아침에
하얗게 왔어요
동심의 세계로
그리워 그리워
아

되돌아보니
나의 발자국 나란히
이것이
나의 인생

예쁜
그림을 그려놓고
가고파라

사랑 배려
모두를 위해
행복한
나무 한 그루
그려두고

외로운 길.

아름다운 벗

인생(人生)

더 기울지 않고
더 부담 없는
버팀목

인(人)이
될 수 있는
벗이라면
인생은 행복하리다

무아(無我)의 차

아침에 일어나
감사하는 맘 담아

자연의 기운
몸 구석구석에
느낄 때

동녘 하늘 태양을
두둥실 친구야
불러 앉히고

나는
탕관에 찻물 끓이고
향운금침 모락모락
피어오르는 찻잔에
몸을 절인다

향긋한 차 한 모금
따스함이 날 깨울 때
앞산에 관조가
문수보살 깨우고

고요히
스며드는 색 향미를
가슴에 품고
푸른빛 하늘 나른다

천상의 보배
입에 머금고 사르르
흐르는 오장을
어루만지며
무아의 춤을 춘다

아!
천상의 나래를.

계절 없는 꽃

계절마다
피고 지는 꽃
많아도 한철인 걸

계절에 상관없이
피어있는 꽃이랍니다

뭘까?

당신만이 가진 것
단 하나
마음의 꽃

아침의 여신

일어나 창문을
바라보고 아~ 좋다

밝은 미소로
아침을 맞이하자

그 미소
깨끗한 얼굴에
여린 표정

어떤
모습일까?
자신을
바라보고 읽어본다

어떤
표정일까?
향기로운
미소일까?

우리는
얼굴에서
향기를 느끼며
그 사람의
행복을 점지한다

일어나 밝게 웃는
얼굴을 가꾸자
행운의 여신을.

이런 날

일어나

빗물에
글을 적어본다

님이 오시려나
소식이 오시려나

무지갯빛 우산
이래저래 흔들면서

웃음꽃 가득 안고
오시려나

그리움
빗물에 쌓인 마음
그냥

찻잔

대지의 기운
인간의 정성
불의 조화로
빚은 찻잔

아기자기
형형색색
다양한 찻잔에

정수(精水)의 체(體) 끓어
신(神)의 차(茶)를 넣어

여기에
마음도
정도 담아
중정의 정신으로
우려

하늘이 내린 보배
비워둔 찻잔에
차를 따르리라

나의 사랑

사랑은 조용하고
시끄럽지 않다

사랑은
고요히 내리는
관조와 같아요

사랑은 밝아오는
여명과 같은 것

사랑은 햇살처럼
따뜻하다

사랑은 텃밭에
여린 새싹이다

사랑은 텃밭처럼
넉넉한 나눔의 맘이다

사랑은 하늘이
내린 축복이다

사랑 사랑은
그대로 믿음 같은
대지의 자연이다.

혼자만의 자리

우리
차가 동무이다
청결한 마음으로
자리에 앉아

물을 끓이면
생각의 세계에
가만히 눈을 감고
자신을 만나보자
보글보글 끓는 소리
잠깐 넋을 잃고

지금
찻잔을 들고 명상에
젖어

나만의 공간
그냥
느끼면 된다

나를
찾는 자아도취
차는 몸도 마음도
정서 수행을 위해 참 좋다

아침 녹차

보글보글
찻물 끓는 소리
선잠을 깨운다

창문을 여니
앞산에 물안개 넘어
관조가 내린다

변화무상함
바라보고 차를 마시니

혀끝에
머무는 맛
무상도 하다

봄비가

어제 갑진년
봄맞이 첫 절기 입춘

아무 소리도
없다 했는데
어떻게 알았을까

무성(無聲)을
외면한 봄비가
봄을 부르네

땅 뚫고 올라올
알알이 사연들
맞이하는 봄비가

영춘화 꽃잎에
생명수 흘리고
처녀꽃 꽃잎
빨강물 들여놓고

매화꽃
볼록볼록 유두에
영롱한 구슬 조랑조랑
매달아

봄비가 봄비가
요술쟁이
나의 가슴에도
따뜻한 싹을 띄운다

다가온 사연

또닥또닥
내리는 빗소리
잠든 푸른 꿈
깨우네

지난해 사연들
봄비에 묻어나는 소리

방울방울 떨어지는
빗방울 깊은 잠 깨우니

많고 많은 꽃눈 띄워
사랑의 눈물로
사연을 전하는구나

일어나라
엊그제
立春이었다

달(月)

보라

뭐라고
속삭이는지

무언의 소리를
외면하지 않고

무심으로 보라
들릴 것이다

들어 보라
사심 없이 무이(無耳)로
자연의 침묵을

언제나처럼 우리에게
속삭이고 있으니

지금
이 지구의 소리도
많이많이 아픔을
무성(無聲)로 울부짖고
있되요

바다는 좋데요

시퍼렇게 멍들어
출렁출렁 하얀 물거품
입에 물고 아픔을 참는데

시달리고 시달려
까맣게 멍든 갯돌들
얼마나 아팠을까

그래도
친구가 있어 좋데요

이리저리 뒹굴다
모여 조잘조잘
자갈밭 친구들

사철 내내 스치는 손길
친구가 있어
외롭지 않아 좋데요

바람 따라 파도 따라
형형색색같이 하니 좋아

바다는 울고불고
외쳐도 하나같은
친구가 있어 좋데

그 심해
많은 이들이 나누는
소리를 들어봐요

나눔

* 녹명(鹿鳴) : 사슴의 울음 – 나눔.

오늘도
님들이여
목 놓아 울어다오

사슴이
울부짖는 울음
이유를 아는가

갑진년
한해 아름다운
차 인들
나눔의 해 되시옵기를

사랑
배려로
감사하는 마음으로
무량 대복이 가득한

차(茶) 사랑 차(茶) 사랑
함께 외쳐봅시다

無聲(무성)

조용히
바라만 보아도 좋다

산자락
스치는 운무
봄을 부르고

양지바른
돌담 틈 영춘화
활짝 웃고 있는데

소쩍새 울음소리
봄을 깨우는구나

無影(무영)으로
無聲(무성)으로

명자나무
빨간 입술 가지
흔들어 놓았네

나의 곁에 님이

흘러가는
구름처럼 소리 없이
외로움이 찾아드는 날

봄이
오는 느낌
산들바람
손등에 왔어

홍매 청매
나무마다 볼록볼록
유두에 봄 향기 피어나

옷자락에
기다린 님 향기
맴도는구나

나
외롭다 하지 않으리오
어느새 된바람 보내고
나의 곁에 님이 왔으니

차 나무에도
우르르 참새떼
혀 솟아
아(芽)를 따겠다

약속

제일
서글픈 일은
사랑하는
사람을 기다려도
소식이 없을 때

오늘 약속

내일까지
미루지 마세요
아무도 모르는
것이니까

진정
사랑을 하신다면

노루귀

추워
양지바른
돌담 사이

털목도리 둘렀지만
어린 꽃 멍들겠다

님 그리워
긴목 드리우고
찾아왔건만

어찌할꼬
이 꽃샘추위에

경칩

깡충깡충 뛰어
아장아장
나오는 날

우리도
깡충 뛰어
봄을 맞이합시다

봄비가 보슬보슬
개구리 맞이하나 봐요

우리도
기지개를 켜고
봄의 기운을
마음껏 누려봅시다

운무가

하얀 비단결
온 산천초목
감싸 안고

무성으로
세상사 어지럼증
숨겨 품네

인생길

살아보니
그냥 아무것도
아닌 것을

너무 어렵게 살았어
그냥 묵묵히 가는 걸
소담 소담
가면 되는 것을

우리 인생
손바닥 같은데
잡으면 내 것
놓으면 남의 것

그냥 그대로
서로서로
주고받으면서
좋은 말 하고 살자

나중에
너 내 없이
저 넘어 끝자락에
빈손으로 가는 걸

인고의 길
좋은 인연 만들어
길고 긴 삶의 터전
아름답게 가꾸면서
길동무하자꾸나

봄비

비 내리는
정원에 가느다란
노루귀 삼 형제

막둥이
필까 말까
꽃망울 맺혀

내일이라도
비 그치면
피겠지

하얀 분홍 빨간
삼 형제지간
오손도손 자라다오

아침에

차 한잔 마시니
운무가 서려

몸이 어느덧
운무 타고 올라

이 내몸
무이산 자락에
걸터앉아

두둥실
남해 바다
윤슬과 벗하는구나

영춘화

귓가에
남풍이 속삭여
찾아 드니

양지바른
돌담 사이 노란 꽃
줄타기를
하고 있구나

너
누구냐
깜짝 놀라
봄의 전령이라네

달빛 차회

언제나처럼
그리움 묻어나는
달빛 가득한 날

그냥 그대로
즐겁게
둥근 달빛아래

찻잔에
모락모락
피어오르는 차향

소담 소담
마음의 꽃
피우는 자리

활짝 핀
웃음꽃 미소로
차향 담아

나눔의 자리
천선의 놀이터

아 40회
차의 향기 영원히
가슴에
묻어두리라

사색의 차

찻잔에 얽힌
진리여
차의 색은 어떤고

마음 정 녹아 연두색
하늘빛 색이라네

피어오르는 향기
천상의 날개 뛰어넘고

차의 맛 한 모금
오감을 깨워 앉으니

명상에 젖어
먼눈 뜨게 하고

무형 무언 하나같이
그렇고 그런 것이구나

민들레

아침 이슬
머금고 기다린 님

노랑나비 날개깃
스치고 지나가도

미련두지 않는 나는
따뜻한 바람이 좋아

알알이 익어 홀씨가 되어
더 멀리 날고 싶어서

점

씨앗 하나
떨어져
파란 점이
자라 드니

꽃이 피고
열매 맺고
그늘
만들더니

어느새
소소리바람
된바람 막아 주네

모두가
하나인 걸
너도 나도

양귀비

아주아주 작은
점 하나 였지

바람 따라
맨땅에 떨어져

겨우겨우 태어나
꽃을 피웠더니
야단이네 예쁘다고

그런데
빨리 간다고
또
아쉽다 하네

훗날
자식들 위해
정성껏 왕관을
만들어 놓고 가리다

독도

참
많이도 설렜었다

독도
우리 땅인데

왜
나도 몰라

내리는
순간 와 나도 왔어

무슨
말이 필요해

숲속

덥다 더워
말도 못 하고
기다리기만 하지

옹기종기 등산객
기다리는데
불지 않네

송골송골 흐르는 땀
바람에 날리고 싶은데

키 작은 아가나무
얼마나 더 울까

행복의 씨앗

차(茶)는
물같이
나눔으로
정이 들고

차는
베풀 수 있기에
사랑의 싹이 트고

차는
물처럼 밑으로
흐름에 겸손해지고

차는
비움을
가르치는 것으로
편안하고
즐겁기에 행복해진다

짝꿍 놀이

살짝살짝 숨바꼭질
푸른 나뭇가지 사이

바람 일어 바라보니
새들의 날개깃 바람

짹짹 찍 찍 노래
님을 부르는 소리

나무마다
먹을 것 나눔으로
정 나누고

아가야 새도
먹이 사냥 가르치나 봐

짹짹 찍 찍
즐겁게 노나 봐

숲속의 그늘
짝꿍들의 놀이터

칠월 칠석

오작교 높고 멀어
그리움에 애달프다

아쉽다 아쉬어
기다림에 만남이

흐르는 눈물
막을 수 없어
하염없구나

님이여 울고불고
이 밤을 지새워 보자

아쉽다 하지 말고

들판에 참새떼
우르르 날 때까지

자연의 소리

흐르는
자욱한 운무
무성(無聲)의 소리

자연은 귓가에
속삭이는데 그 소리

하나
진아의 소리
본래 그 자리에서

오늘도
무형(無形)
무성(無聲)의 흔적

귓가에...

영원한 진리

자연은
있는 그대로
우리에게 보여준다

자연의
소리는 진리요
영혼의 울림이다

인간은
작은 자연의
생명체

그러니
자신에 감사하고
사랑하고 공유하라

진리는 하나
자연은
영원한 진리이다

잊어가는 친구

같이 놀던 친구야
어디쯤서 살고 있나

어린 시절 여름이면
놀던 개울가 그때

일흔이 넘었다네
놀아보세 얼씨구절씨구

친구여!
무거운 짐 내려놓고
가볍게 나오게나

시비 질투 원망도
다 비우고 오직 감사
감사하는 마음으로

무슨 거리낌이 있으리
입은 옷 그대로 정다운
맘 주고받을 수 있는 자리

죽마고우
우리들이 아니던가

행복

주위를
둘러보면

모든 것이
행복의 씨앗인데

먼 곳에서
찾고 있네

가슴에 잠든 사랑

산산조각 흩어진
꿈일지라도

서로를 할퀴면서
하늘 끝 닿은 사랑

눈꽃처럼 온 하늘에
휘날리면 흩어진 그날

깊은 그리움도 이제야
흔적 없는 영혼의 그림

내 마음에 뿌리내린
흔적으로 남은 인연

그때
난 바람 속에서도
날 붙잡아 줄이라고 한 희망

그대와의 사랑
지금까지
후회하지 않으니
서럽지 않아

오직
그대와의 사랑이
힘들어도 따뜻한 정으로
하늘 끝 닿으리라고 한 사랑

영혼이 잠든
대지에 빨간 꽃 한 송이
외롭다 할까요

노을

무성(無聲)의 조화
붉게 물들어

세상사
만고의 사랑
어렵지 않으리라

나의 별

그 먼 태고(太古)
지금도 그 자리

날 지키고 앉았네
반짝반짝
시를 쓰게 하네

그의 손

자연은 수 없이
말하고 있다

찾아보라고
따뜻한 마음과 눈으로

사물을 그냥
더 가까이 더 조용히

자신의 모두를
아낌없이 보여주고
있다고

마음의 손으로
잡아주라네
한순간의 시어를

행복한 사람

지금 손에
있는 것만으로도
만족(滿足) 하고 감사하는
사람이다

아름다운 손

흐르는 물 같이
밑으로 밑으로

머리를 숙이고
아래로 아래로

낮추는 마음의 손
겸손이라네

얻고자 한다면

나 자신이
곱고 아름다운
마음이라면
모두가
아름답게
보일 것이다

자신의
참된 의지로
하고자 하는
힘이 있다면
할 수 있다

꿈과 희망이
있다면
모두가 자신의
몫이니까

관(觀) 하고
행하지 않으면
얻지 못한다

인생

아
멋지다

저물어 가는
황혼의 끝자락

진짜로

가슴에
따뜻한
본연의 믿음

사람
냄새를 풍기는
벗이라면

진짜로
멋진 지음(知音)이겠지!

다녀간 자리

올망졸망
그 자리
다녀간 자리

따뜻한 차의 향기
오글거린 자리

가지가지
피어난 차향에
소담 꽃 피었지.

자연의 진리

태풍이 불고
폭우가
쏟아지는 것은
자연의 섭리이다

사람은 모를까?

삶의 흔적도
노력하지 않고
얻고자 하는 것은
범죄다

사랑도
부富도 명예도
그냥
얻어지는 것은 없다

봄에 씨앗 뿌려
가꾸어 얻듯

자연은 공짜로
주는 것은 없다

땀 흘리지 않고
얻고자 하는 자

그는
누구랑 말인가

차의 즐거움

벗님과 함께
차를 마시니

이 또한
평화롭고
즐겁지 않으리오

향에 취하고
색에 젖어
맛과 하나니

여기에
이만한
즐거움이
또 있으리오

향운다원에 피는 향기

차의 향기
임들의 향기
풍류의 향기
소담 소담 웃음꽃
환호성
찻잔에 모락모락

재능을 나누는
천선의 놀이터
지인들
흔적의 추억
감탄과 환호

봄이면 자연이 주는
꽃들의 향기를 피우고
늘 푸르름 차나무

가을에
하얗게 피어나는
꽃과 열매
실화상봉수
피고 진
애달픈 한세월

여기
자연의 그늘 아래
인과 연이 흐르는
차가 있어 행복을
느끼고 자비의 향기가
흐르는 쉼터

찻잔에 담긴
인연의 향기
시들지 않는
웃음꽃 향기

문수암

맑은 지혜
불 밝힌
무이산 자락

앞에 두고
밤낮없이
바라보는 불심(佛心)

만고의 지혜
품고 앉은
무이산 문수보살
지혜광명 밝힌다

즐겨라

붙잡지도 말고
욕심도 부리지 말고

손안에 있는 만큼
가슴에 있는 만큼

배려하는 따뜻한
정만큼 베풀고 살라

인생은 갈바람처럼
날아가 버린다

자연은 말없이
흔들흔들 즐기고 간다.

그리운 향수

먼동이 트면
흰 적삼옷 갈아입고
동쪽 하늘을 바라보며
기도하던 어머니

햇살이 서산으로
기우는 저녁이며
대문 앞
자식들이
찾아오는 밤길
밝히려고 초롱불 들고
서 계신 어머니

아침부터 대문밖
곱게 빗질하고
서성이시던 모습

까마득한 추억으로
마음에 스며든
늘 햇살처럼
포근한 어머니의 맘

개구쟁이
추억이 듬뿍 담긴
어린 시절 추억
대문 앞 감나무에
빨간 감홍시가
익어가고

담 너머 단감나무
장독대 옆 모퉁이
누런 호박 정답게
옹기종기
고향집 풍경
황금 물결치는
풍요의 들판

내 가슴에
잠겨있던
어머니의 사랑이
한가위 맞이 음식상
부침개, 햅쌀로
만든 인절미
그때가 아련하다

정성으로 만드신
먹거리
자식들 먹이려고
분주하게
움직이던 모습

지금은
먼 천상의 나라
오직
자식에게 사랑으로
다 내어놓고
가신 노을빛 부모님

앞 감나무에
까치만 울어도
집 나간
자식이라도
행여 올까 봐
기다리시던 어머니

지금 생각하니
그때가 눈물 나게
그립다

꼭 이맘때
추석 때면
시끌벅적했던 집
사람 사는 내음이
내 코끝을 간지럽히며
그리움이 가슴에 아린다

세월이 흐르고
자식을 키우고
나이 들어
그 사랑이 얼마나
큰 사랑인 줄
뼈저리게 느껴진다

들판에 일 나가시면
집에 오는 거지들
그냥 보내지 마라
하시던 그 맘
그 따뜻함이
지금도 진행행이다

간절한
말들이 흘러
먼 세월이지만
지금에 와보니
지혜로운 말씀에
감탄이 나는구나

어린시절
철부지 친구들
같이 뜀박질 하고
놀던 그때가
눈 속에 아련하다.

나의 꽃 향운

나를 찾는 이에게
감사했노라고 말할 수
있도록 살렵니다

무량산자락 흐르는
물줄기처럼 풍요롭게
살았다고
말할 수 있도록

흐르는 옥수
따뜻한 찻잔에
정 담고
웃음꽃 향기까지

동녘에 따뜻한
햇살처럼 차를
나누면서
살았다고 하리라

수십 년
살아온 인생
나들이 소풍
삶의 향기 풍기면서

무량산자락 차밭에서
묻어나는 차의 색 향 맛
차의 3품에
젖어보자꾸나

나만의 세계
천선의 놀이터
나만의 차
향과 색 맛으로
향운 금침을
나누고 살아가리

손발이 닳도록
가꾸고 키운 차밭
채엽한
곱디고운 보배를
찾는
벗에게 나누리라

사랑하리
향운다원 찾는 분들께
복 짖고 가시리오
반평생 벗님들 주고받은
향운의 꽃 오심지화(吾心之花)

차의 맛

차는
흐르는 물처럼

덜도 더도 아닌
그냥저냥 그대로

보이지 않는
겸손의 맛이라네

언제나
파란 하늘빛 같이
변화무상한 맛

남산정

달을
품은 남산
그리움에 묻혀
한세월 애달게
기다려 봐도

빨간 입술을 더듬고
더듬어도 찾을 길 없구나
이루지 못할
사랑인 줄도 모르고

그리움이 하늘 끝 닿아도
차가운 이슬 머금은 채
무리 지어 살렵니다

그 이름 꽃무릇
남산정의 의(義)로움

* 남산정 : 고성군 남산

사랑의 향기

세상에서

가장
아름다운 향기는

사랑을 머금은
엄마의 꽃

그리운 사랑

반딧불 같은
추억을 가지고
그리움이 사라질 때까지

난 흐르는
사랑일지라도
윤곽을 따라갈 거야
모든 것을 뛰어넘고
후회 없이

인생은 먼 길을 걷는
나그네라지만
한생을 살아온 지금

서산에 쪽달처럼
외롭다 할지라도
내일 또
할 수 있으니까

그리움은 늘
추억의 씨앗을
뿌리고 뿌려
가꾸어야 얻으니

나누어 보세

가뭄에
뜨거운 햇살
지나가는 먹구름
잡아 보지만 잡히지 않고

어제저녁 쪽달에
하소연하니
별들이 속삭이는
이별의 눈물
찻잎에
받아 두라고 하네

은하수 깊은 강물
찻잔에 담아
그믐밤 목마름
달래 보려 하지만

목 타는 차나무
푸르름 잃지 않고
깊은 뿌리
힘들고 힘들어하고

암흑에 흐르는
물줄기 찾아
차의 맛 지켜온
다섯 가지 음다로

독철왈신이요
이객왈승으로
삼사왈취이라
오륙왈범뿐이니
칠팔왈시는 나눔이라지

오늘도
무더운 여름날
찾아주신 벗 찻잔에
그리움 담아
맛을 볼까 하네

웃음꽃

미소 하나
하루 내내

단 하나뿐인 너
이 세상 너와 나

긴 세월 살아
얻은 나의 꽃

지친
어떤 날이라도
그 모습
너뿐이구나

내 영혼이
살아남을 그날까지
너와 나

삶의
씨앗으로 남으리라

가을이네

살짝 스치는
소소리바람 지나고

무덥고 뜨거운 날
계곡물 찾아 놀았는데

건들바람 가을빛
산천을 물들이고

창공에
뭉게구름 두둥실
노을 저물어 간다

차를 하렵니다

생각나는 벗이
있다면 참으로
아름다운 삶이지

그리움이 있다면
행복한 기다림이지

멀리 있다지만
그리움을 읽을 수
있다면
삶의 멋이겠지

서산에 걸려 있는
노을빛이 얼마나
아름다운가

오늘도
그대가 있기에
나는 저 석양을 보고
비워둔 찻잔에
그리움 담아
차를 마시렵니다.

차향

향운 금침
날 부른다

다실에
찻물 끓는 소리

다관에
피어나는 차 향기

작은 잔에
방울방울 내리니

향
가득하구나

인생아

어떻게 사느냐고
그냥 살아
법칙도 공식도 없다네
그냥 세상이 좋으니
그러려니 하고 사는 거지

하늘에 저 구름
두둥실 떠 있는 한 조각
바람 부는 대로 어디뫼
아무도 모르게
흘러 흘러가네

진정
얼마나 좋은가

여유 있는 삶이란
나 가진 만큼
만족하고 즐기는 것

탐내고 넘보지 않고
손안에 가진 것으로

누구에게
아픔 슬픈 주지 않고
유유자작 살아가는 것

흔들흔들 아무도 모르게
사랑하는 마음 하나
가슴에 담아 물 흐르듯
구름 흘러가듯
그냥저냥 살아가리라

남 비교한들
나의 것 아닐진대
부러워 말고
다 알고 보면
사람마다 모르는 것
그렇고 그런 것

살아가세 그대로
삶의 고통 없는 이
어디에 있으리오
인생사
살다 보면 다 같은 것

그냥
무량산자락
흐르는 구름 따라 와
천선의 놀이터
차나 한잔하시구려

여기에
차가 있어 좋다네.

늦가을에

깊어가는 가을
그리워하며
함께 하고 싶다

코스모스 들국화
하늬바람 어우러져
하나된 들녘

저녁노을 붉은 구름
머무른 단풍 나뭇잎
흔들흔들 춤을 추고
가을이 익어 가듯이
노년의 달콤한 삶도
익어갈 때

외롭지 않으려면
고운 님
보이지 않는
손으로 잡아 두리라
늦가을 꽃향기 머물게

그리움

갈바람
속삭이는 소리
달빛 그늘 님의 얼굴
아련한 모습
영혼에 이끌려

너와 나
안개가 내려앉은
조용한 그림자
아무도 모르게

유유히
흘러간 세월
들려오는 음률이
마음에 와닿아
붉은 편지 곱게 접어
나뭇가지에 걸어 두리

아련한 그
쫓아가도
찾을 길 없는 영혼
노을빛
긴 사연 적어
내 마음
띄워 놓으리라

나부기는
단풍잎 끝마다
별빛이 흔들리는
아름다운 밤
나
나그네 되리라

풍류의 멋, 달빛 차회

여름밤
용호정에
둘러앉아 달그림자
개구리 울음소리
찻물 끓는 소리 들으며

연잎
차 상으로 소담스럽게
찻자리 만들어 앉아

커다란 연잎 연지에
연꽃 차 우려 놓고

한 여름밤의 풍미
즐기면서 몇 차례
차 돌고 돌아
차향에 취하니

달빛 그늘 아래
고고한 대금 소리
연못에 숨은 개구리
같이
놀자고 노래하고

휘호의 붓대 끝이
화선지에 이래저래
춤을 추니 즉석 휘호
작품이 달빛을 재우니

깊어가는 밤
온 누리 연향 차향이
용호정 가득하네

아름다운 자리

웃음꽃
향기 가득한 날

모임
차를 사랑하고
즐길 줄 아는
차인들의 외마디 소리

모여
가지가지 차를
우려 놓고
아름다운 소망의 자리

한여름 더위 지난
가을 오색단풍
물들어가는 가을빛
하늘아래 옹기종기
차 우려 놓고
차의 멋 3품에 취해보자

감사와 사랑
기쁨으로
서경 다도대학 동문회
무아 찻자리

피어나는 차향
구름 위에 띄워 보자

시어의 소리

시는
흐름이요
그리움이다.

시는
외로움이요
흔적들이다.

자연의 소리요
인간의 표현이다.

시는
인간만사 공존의
쉼터이다.

속삭임 흔적들
주워 모은 소리를
담아 놓은 글이다.

시어는
자연이 준 흔적을
모두 담아 소리로
표현한다.

오늘도
반짝반짝 빛나는
별들의 속삭임 소리
가만히 들어본다.

나의 차 자리

내 삶의 그늘에
찾아드는 인연이
있다면
모두를 품을 수 있는
사람이고 싶다

넉넉하지 못해도
아름답게 회상할 수 있는
여유로운 삶의
모습이고 싶다

진정으로 다가오는
사람이 있다면
웃음꽃 피는 미소로
따뜻한 차를 나누고 싶다

인생이
아무리 어렵더라도
마음이 있는 자리에
나눔의 삶을 미소로
맞이하고 싶다

여기
따뜻한 정이 흐르는
자리에 당신과
함께 하리다.

그 茶(차)

신비로운 천상의
선물

이리저리
만지작거리면
이런 맛 저런 맛
가지가지 맛

손끝에
정성스럽게 놀다 보면
잎의 모양새 가지가지
끓이면 3품 조화

한 모금의 차
입가에 감미로움
미소 머금게 하는
신비로운 차(茶)

참 좋다 좋아
무량산자락 옥수로
끓인 향운금침
중정을 이루니
그 맛 으뜸이라네.

인생 삶

어차피 태어난 걸
어쩌라고 하나뿐인 길

우리의 삶
하고자 하는 일
하고 살자

인생의 4계절
씨앗 뿌려 가꾸고
결실 얻어 살아가는데

인생이 별거더냐
아무도 모르는 것

그러니 세상사
내 마음 같은 것은
하나 없지만

원하는 거 뭘까?
사랑 행복
건강하고 겸손이겠지

그리고 즐겨라
건강할 때
소주, 차 한잔
같이 할 수 있을 때

인생사
끝자락
나무 상자
달항아리
하나 안고 가는데

인생
아무도
모르게 걸어온 걸
강물 흐르듯
구애받지 않고 가리다

아
아름다운
하늘빛 구름
황혼이 물들 때

참 좋은 날

먼동이 트면
앞산에 관조가
문수보살 깨우고

흘러 흘러
국개 마을
천선의 놀이터

따뜻한 햇살이
날 깨우고

정성스럽게 우린
차(茶)!
나눔의 쉼터

모여든 손님
둘러앉아 나누는 차(茶)

난
이런 날
참 좋다

창문에 비치는 풍경

텅 빈 공간일까
했는데
가득 찬 하늘빛

무심히 흘러
무영의 자리에 앉은 아(我)

소리 없이 없이
흐르는 걸
보아도 보아도
모르게 가네

간밤에 속삭임
흔적
사랑씨앗 내려앉은
들녘에
외로운
왜가리 날개깃

따뜻한 차 좋지 않나요

우리 인생
지금이 좋아
즐겁게 살아 보자꾸나

차도
뜨거울 때 제맛이라네

인생도 사랑도
뜨거운 열정이 있을 때
좋지 않던가

우리 나이
아직 그렇지 않나
더 식기 전에 즐겨 보세

더 식고 나면
만사가 허탕이야

인생
흐르는
개울물처럼
뒤돌아 오지 않으니
서럽지 않나

지금
따뜻한
차 한잔하자꾸나
인생도 사랑도 안갯속 같다네

소리

귀
듣기만 하지
온갖 소리
무슨 소린지 알지

딸랑딸랑
속 빈 요란한 소리

출렁출렁
반만 찬 물통 소리

퉁퉁 퉁
가득 찬 무거운 소리

깡통같이 속이 빈
사람은 어떤 소릴까?

우리는 알지

오랜만이야요

기다리고
기다린 님이여

내내 풋눈
한번 오더니만

기다린 지
얼마 만이던가

언제 오시려나
기다린 님이었는데

오늘에서야
오시나요 기다렸는데

나의 몸
하얀 소복으로
덮어 다오

향기로운 미소

웃고 있네
무성으로 무성으로

봄여름
가을 겨울 없이

온 세상 어디에나
시들지 않는 꽃

슬픔도 괴로움도
하나 같이 내내
웃음꽃 너는 알지

행복한 꽃밭

아침에 일어나면
먼저 반기는
당신입니다

어쩌다가
철부지 어린이로
투정도 부리고
장난도 치고 싶은 것이
당신입니다

머릿속
당신이란 이름 하나
사랑한다는 말 한마디
종일 머금은 행복한
미소랍니다

온누리 산천에
당신이 단장한
오색빛 그림
나의 마음입니다

언제나
마음 밭에
피고 지는 온갖 꽃
나의 사계절 꽃이랍니다

아무리
향기를 맡아도
달콤한 미소로
날 받아줍니다

행복
진실 하나로 사랑하는
당신과 나의 마음
시들지 않는 밭입니다

즐거움
숨어있는 웃음밭에서
찾아 느껴야만 합니다

* 웃음꽃 – 얼굴 – 밭 – 당신 – 꽃밭

귀여운 너

아직까지 우수도
지나지 않았는데

어제 그게 눈 내리고
좀 따뜻하다고

귀여운 작은 꽃
송골송골 눈을 트고

따뜻한 햇살 위고
솜털 보송보송
옷을 입었지만

또 북쪽 추위가
온다는데 어쩌지
노루귀야 노루귀야
찬바람 분다는데

봄이 오나봐

겨우내
기다린 산천초목

이제야
그 소리

그래
단비 내리니

잠든
개구리 새소리에
산천이 움이 트고

집집마다
정원에 꽃이 피겠네

아
나의 가슴에도...

청매화

가지마다
몽실몽실
꽃눈 띄우니

끝자락
춘풍일진(春風一陳) 노닐고
지나가니

그 향 불러와
찻잔에 띄우니
맛 가득하구나

살며시
감고 맡아보자

오는 줄 모르고

숲속
계곡물 따라갔더니
작은 난(蘭)이 반기더라

노랑나비 날개깃
따라갔더니 노루귀꽃이
만발하고

호호호 손끝으로
가랑잎 치웠더니
제비꽃이 웃고 있고

무심히 지나간 자리
우주가 우수수 떨어져
반기는구나

벌써
봄이 왔다고

비를

온
산천초목
아파하네

붉게 타는
사랑도 아니고

아파
아파 뜨거워요
산천에 내려다오

사랑의 씨앗
품고 살아있는데

태우고 가네

아
들리나요
자연의 소리
목이 마르다고

차(茶)

한 톨의 씨앗
하얀 뿌리내려
점으로 자라

사철 내내 푸르름
지키려고 곧게
뿌리내려

순결한 꽃
사계절 내내 기다린
열애 실화상봉수

초록빛 새싹들
한 잎 한 잎 거두고
정성으로 만들어

3품의 맛
오감으로 맞이하는 순간
천지인의 조화를 이룬다

천년의 맛
그 맛 그것을 품고 품어
이 순간을 즐기며
행복할지이다

미소

보일 듯 말 듯
눈가에

보일 듯 말 듯
입가에

보일 듯 말 듯
얼굴에

마음꽃 들판에
소록소록 피는 꽃

오늘도
행복을 부른다

시절 인생

시절이
그냥 가던가
모진 풍파 속
꽃 피고
열매도 맺고
생로병사
아닌 것이 있던가

슬퍼하지 마라
피고 지고 함이
순리요

인생만사
무엇이든
한때인지라

지금이
좋은 시절 이라네

초대

작은
소담한 자리

벚꽃이 만발하여
꽃눈 내리는 자리

하얗게 나르는
곱디고운
어린 공주 손끝에
정성스럽게 우린 차

찻잔에
모락모락 오르는
차향이
자연의 향과
어우러져 하나 된 자리

조르륵
따르는 소리
묻어 난 차향

모두가
소중한 연
한마음 한 뜻으로
즐기는 모습들

고귀한 보배
차의 덕으로
좋은 연의 자리

초대하여 주심에
감사 또
감사합니다

더불어

어제도 오늘도
천선의 놀이터

자연의 선물
나눔의 물
흘러 흘러 여기

오고 가는 길손들
천왕산 자락 녹차
함께 마시렴

누구라도
마시고 싶다면
그냥
좋아한다면
그냥
한잔하시구려

언제나 웃으면서
보이지 않는 손과 정이
있다네

하늘빛 구름
서산마루 노을빛까지
담아 즐기고 가시리오

찻잔에 모락모락
피어오르는 차를

스승의 날

일흔의 끝자락
삶의 보람을

생각도 없이
지낸 세월인데

학생을
가르친 지 반 세월
지나

뜻밖에도
차를 가르친
보람에 눈물겹도록

스승의 날 노래
꽃다발, 떡 케이크에
선물까지
삶의
향미를 느끼는 날

차는 따뜻한
정이 흐르는 자리란걸
가르침에 최선을 다하리라

차는
언제나 우리 곁에
정을 뿌리고 있다.

시절

아침
잠을 깨우는 요란한
새소리

오늘도 바쁘게
뭘 할지
누가 찾아올 건가

그러게

차는 익어가는 데
길손은 소식이 없어

연무에 젖은
찻잎은 옥수를 머금고
있는데...

늦었다고

지금
한 알의 씨앗
심을 용기를 내세요

늦가을
피는 꽃이 더
아름답고 해맑아요
사랑도
그리움도

인생의 씨앗을.

오라기에

달려갔다
차(茶)가 있다기에

벗도 있겠지 하고
와보니

차(茶)의 날
찻자리이구나

비우니

비우고 비우고

또 비우니

찻잔에
맑은 차향 하얗게
윤슬이 일고

따뜻한 차
신비로운 기운이
오감을 달구네

차와 벗

따스함
좋지 않나요

맛과 향
오감을 깨우니
정신이 맑아지고

벗과 같이하니
즐겁고 행복한 일

구름처럼
흘러갈 인생
이 순간
제일 좋아요

나는 파크 공

희망

늦었다고
아니야
지금이라도
한 톨의
씨앗 심어 보세

늦가을에
피는 꽃이 더
아름답고 해맑아요

사랑도
희망도 꿈이니까.

정원의 연가

시절 찾아
피고 지는 꽃

잔디밭
이슬
발끝에 놓고

곱게 핀
꼬마 양귀비
아장아장 걸어 나와
손님들 맞이하고

활짝 핀 꽃잎은
밤이면 고개 숙여
그리움 품고
천상으로 떠나고

왕관 쓴 왕자는
멋모르고 날뛰며
푸른 하늘 아래
숨바꼭질하네요

차 잔에

찻잔에
사랑 담고 싶어

황금빛 탕 색에
그 향기까지

나와 너
하나
진향에 젖어보자

그 맛
무슨 맛인지

차의 진미

동녘 하늘
붉게 물들어
오르는 아침

정화수 한 그릇
정성 들이는
옛 어머님 마음

길손을 위해
새벽에
찻물을 준비하는
차인의 마음

좋은 물
좋은 차
이 찻자리

정성을
다하는 심미안
이는 차인의 덕목이다

언제나처럼
애정 어린 마음으로
차의 맛을 전하리다

삶

주어진 그대로
　　　　그냥
자연이 주는 그대로
　　　　그냥
건강하게 즐겁게
　　　　그냥
살아 살아
모든 사람 다
별거아니야
　　　　그냥
그렇고 그래
아무도 몰라 그러니
　　　　그냥
차나 한잔하시구려

인생무상

바람 불어
파도 일고

바람처럼
파도처럼
일고일어
사라질 뿐인데

마지막
무한(無限)의 자리
넓고 넓은 푸르름

무성(無聲)
정원에 홀로 피는
한 송이 꽃

떨어지기 전
베풀고 가리다

이런 맘으로

삶이 늘
행복할 수만 있나요

그래도
그런대로
여기까지 왔으니까

비우고 비우고
바라보니 여유롭네

배려의 물결로
위로를 하고

비우고 비우는
찻잔에 정 나누듯이

사랑
심어둔 곳까지
조용히 가시렵니다.

천선(天仙)의 차(茶)

하얀 백자 잔
파란 하늘빛 담아

탕관에
무량산 옥수를 끓여

피어오르는 탕수
숙우에 따르니 윤슬이 일고

다관에 향운금침 넣어
차 따르니 향 천상에 닿네

찻잔에 정 담고
마음까지 담으니

한 잔에
천지인의 차를 마시네

* 무량산 아래 : 경남 고성군 주산, 산자락 아래 차밭, 계곡 골짜기 물.

향운 금침

푸르름
한 생을 지킨 너

손끝에서
곱게 빚은
향기로운 너

온갖 길손 찾아와
찻물 끓는 소리 들으며

다관에
피어오르는 차향
색 맛 그대로

따르고 따라
색 향 미를 음미하고

오감으로
스며들어
실감나게 하는 자리

천선의 놀이터

차향 생각이 날 때면
찾아와요
바닷물 다
마를지라도
무량산 아래
찻물 끓는 소리는
영원하리라

그대가

그대가
날 생각한다면
나의 가슴에 따뜻한
꽃이 필 거야

그대
날 생각한다면
나의 얼굴에
미소가 머물 거야

그대 진정
날 생각한다면
시들지 않는 꽃 하나

사계절 내내
웃음꽃 필 거야

황금들판

난
갈바람 부니 좋다
황금빛 물결 윤슬을 일구니

옛 추억 묻고
해진 옷자락
펄러이니 무섭다 하네

참새떼 날아들 때
흔들흔들
화들짝 놀라 가네

난 허수아비
넓은 들판에 혼자라도
외롭지 않아

땀 흘리는 농사꾼
친구가 있으니

차(茶) 명상

대상에
마음을 집중한다

여기에서
일어나는 망상을
붙잡지 말고

버리고 버리고
나 자신의
존재와 하나 되는
행위

여기에
나 자신을 묻어둔다

차 나무 밭에 젖은 여운

별들이 놀다 간
하늘빛 아래
관조 타고 내린 햇살
이슬을 지우니

푸른 바다 물결처럼
윤슬이 차 밭에 일고

정성으로 손질한
차밭에서 묻어나는
차향

온몸에
구슬 같은 땀방울
무음(無飮)으로 젖어

들숨 날숨 콧등에
차향이 묻어나니

손질하는 찻꾼
힘든 줄 모르고
어깨춤만 추고 있네

나들이

인생은 소풍
걱정일랑 푸른 들판에
던져놓고 떠나보세

부르는 곳
가고 싶은 곳
어디 뫼야 못 가리오
가시리다 가시리오
어디인들 못 가리오

딸랑딸랑
가볍게 괴나리봇짐에
찻잔 하나 넣어
떠나보세요

앉은자리가 내 자리요
만난 이가 내 친구

던져놓고 떠나온 길
걱정일랑 하지 마세
한번 온 길 멀고 먼 길

눈 감으면 그만인걸
걱정일랑 하지 마세

인생살이
노닐다 가세 가세나
아쉽다 하지 말고

늘 푸른빛 마음에
묻어두고 놀아보세

이런들 저런들
그냥 그대로

자연은 나의 벗
누리고 누려보세

꽃무릇

한 세월
견디고 찾아왔더니
나 홀로

님은
어디 가고
빛바랜 나뭇잎 아래

일편단심 한마음
피고 지는 인생인걸

애틋한 맘
달빛만 알리라

노후

욕심부리지 말자
짊어진 짐
무겁지 않게

꼬부랑 허리춤 짐
내려놓고
땅만 보지 말고
하늘도 보고 옆도 보고

편안하게 친구들이랑
마지막 길 걸어보세

인생 만사
별거더냐 눈 감으면
그만인걸

허리춤 풀어놓고
오고 가는 벗 위해
차나 술이나 나누면서
회포도 풀고

나들이 소풍
손에 손잡고 가자꾸나

몸가짐

천만 가지 행위
우리네 자리

앉을 자리 설 자리
몸가짐은 나의 맘

이 자리 저 자리
어디가 내 자리일까?

초대받은 곳
어떤 건지 알고나 가세

나는 누구인가
나는 어떤지
알고나 앉아 보세

인간만사 모든 일
격식이 있다지요

어울리는 몸차림
너도나도 좋다네

대엽종

한 그루
신기하다

나도 모르게
어떻게 자랐어

손바닥만큼 큰 잎새
바람이 불면 그 향

찻꾼들 찾을 때
그 향 풍긴다

그 맛은 어떨까?

찻꽃

보았네
성숙한 너

점 하나로
두고 간 자리

일심으로
념(念) 하면 키워진

어미의 맘
너는 알 거야

실화상봉수
너는

가을 차

파란 하늘빛
흰 구름에 시름인들
던져놓고

비워둔 찻잔에
내려앉은
차 맛은 어떨까?

10월의 영혼

쪽달
흐르는 허공에
물소리만

무영
무성의 세월

바람에
휘날리면
흩어진 영혼

무량산 자락
차밭 꽃향기에 서린다

찻잔에

신 식 심 정좌하여
차 따르니 운슬이 일고
색 향 맛에 취하여

마시고
따르고 마시니
외로운 번민 사라지고
차 향 털구멍에 서러

비움에 채우고
마시니 겨드랑이에
바람이 일어
파란 하늘에 선령이
손짓을 하는구나

* 신, 식, 심은 調身, 調息, 調心 즉 三調 의미

가을의 끝자락

낙엽 떨어지는 아픔을
젊은이들이여 아는가

흔적으로 남은 세월
곱이곱이 힘겨운 날

가는 길 앞길에
갈바람이 된바람

물든 단풍잎
하나하나 색색의 결

넘나드는 자유로움
지금이 좋아 좋아
그냥 이대로 지금

따뜻한 차 한잔
우려 놓고 기다리는
벗이 있으니까

흐름

갈바람 부니
하얀 차 꽃 눈 띄우고

황금빛 들녘에
농부들 풍년가 부르니

우르르 참새떼 날아
허수아비 딸랑딸랑

그려지는 산천에
오색빛 그림이네

흐르지 않으면
어찌할꼬

찻자리 흔적

별들이
속삭이는 소리

달빛 그늘 아래
차도반(茶道班)의 숨소리
하얀 입김 쌓여 물든

잔디밭 은방울
소록소록 쌓인 아침

여기 어제
곱게 차려입고 앉아
차연의 아름다운
향기가 그대로 남았어요

차의 향기
고성에 메아리 되어
하얀 차꽃 지존 새겨지기를

가을비

비가 온다지
참 귀한 비다

한 방울 두 방울
떨어지네

하늘을 바라보니
비에 젖어 보고 싶다

어릴 적 생각에

감태나무 붉은 잎새
핏빛처럼 물들고

하얗게 핀
노처녀 치맛자락
저고리도 내려다오

내년엔 곡우 차를 따
팔순 잔칫상에 우려 놓게

* 노처녀 : 오래된 차나무
* 찻꽃 : 하얗게 핀 꽃

마음의 샘

바라보니 보이지 않아
지나가고 나도
또 오는데 보이지 않아

마음은 샘인가 봐
퍼고 퍼도 가득하니
보이지 않는데

좋은 것 나쁜 것 다
떠오르는 밝은 달에
마음을 담아보자

항상 좋은
마음의 샘으로
나눔의 샘으로

오늘도 내일 또
맑고 깨끗한 물
비우니 또 가득한
샘물처럼 마음도

맑은 물 그늘아래
밝은 달이 웃고 있네
인간만사 이와 같아라

녹차의 미학

하늘이 내린 땅에
한톨한톨 씨앗 심어

별들 속삭임에
차순 띄워
자란 새싹들

정성으로 손질하여
만들어진 차(茶)

아침 이슬 받아 내린
청수로 차를우려

맑은 차 한모금
몸과 마음을 씻고

아
여기 차시일미(茶詩一味)

차를 심어 시어를 읽고
마음을 달여 차를 우리니

한잔의 차 나누니
그 향 만고에 함께하고

차향에 젖어든다.

여울목 지난 참 인생

푸른빛 차밭 일구어
양팔 벌려 벗 부르니

넓은 잔디밭 놀이터
옹기종기 모인 찻자리

놀아보세 마셔보세
얼씨구 좋다 좋아

차도 있고 떡도 있고
노래도 시도 있고

친구도 춤도 있고
藝(예)도 書(서)도 있네

두둥실 두둥실
가는 세월 어디 뫼야

人生(인생) 끝자락
살금살금 산 꼬부랑 길

흐르는 구름 사이
반쪽달도 놀자 하는구나
놀자 하는구나

제목 : 여울목 지난 참 인생
스마트폰으로 QR 코드를 스캔하면
시노래를 감상할 수 있습니다

오성다도(五性茶道)

1. 五性茶道의 源理

인간은 어디에서 왔으며 또 그 본성은 무엇인가 여기에 대한 답은 시대와 장소에 따라 그 주장이 다양하였다.

고대에는 모든 존재가 나아지고 성장하며 사멸하는 운동의 원인이 자연에서 나왔다고 보았다. 고대 중국의 陰陽黃精類란 책을 보면 流丹(유단)이 九轉(구전)하여 생긴 결과 여기서 나온 氣가 精이 되고 이 정이 변화하여 神(신)이 되고 神(신)이 변화하여 사람이 되었다고 하였다. 즉 인간은 자연에서 생긴 존재라는 것이다. 그런데 이와는 정반대로 인간은 창조주가 창조한 것이라는 주장이 있다.

고대 중동 아시아 민족의 신앙에서 나온 성서 중의 창세기에 보면 창조주는 먼저 하늘과 땅과 바다를 창조하고 또 모든 동물과 식물 기타 생명체를 창조하였다. 마지막에 흙으로 당신을 닮은 인간을 창조하였는데 아담과 이브라는 남녀로 인간의 원조가 된 것이다.

이 두 가지 인간 존재론은 지금까지도 그 논쟁이 계속되고 있다. 그런데 근세에 와서 존재론은 인간 중심의 존재론으로 변화되어 갔다. 인간 존재론의 기초를 닦은 사람은 근세 철학의 개척자인 데카르트이다.

즉 인간은 思惟하는 존재라 하였다. 그리고 그는 모든 사유를 의심하는 데서 출발하였다. 천지뿐만 아니라 나 자신도 부정한다. 이 세상에는 확실한 것은 아무것도 없다고 생각한다. 그러나 의심하는 나 자신은 부정할 수 없는 존재임을 알게 된다. 내가 의심하는 그 思惟 외는 나의 존재를 증명할 수 있는 것은 아무 것도 없다.

내 눈에 보이는 세상의 모든 것이 거짓된 현상이라면 그 허상을 생각하는 나는 있어야 하지 않는가. 모든 것을 의심은 할 수 있어도 그 의심하는 나 자신의 존재는 있어야 한다. 의심하는 것은 思惟하는 것이다. 내가 無라고 하면 어떤 것도 思惟할 수가 없다. 의심하는 그 자체가 無가 될 수 없다. 따라서 思惟하는 내가 존재하지 아니하고 생각한다는 것은 있을 수 없다.

이와 같이 모든 것을 의심하여도 그 의심하는 주체자로서 내가 있다는 것을 인정하지 않을 수 없다. 그러므로 내가 존재한다는 것은 오로지 내가 思惟하는 것 외에는 나의 존재를 증명할 수 없다.

나는 생각한다. 그러므로 나는 존재한다는 데카르트의 말을 믿지 않을 수가 없다. 사유하는 나는 이와 같이 확실히 존재한다. 사유하는 나는 사유되어진 객체로서의 내가 아니고 사유하는 일 속에 있는 나라고 할 수 있다. 즉 생각되어진 나는 꿈속의 나와 같이 허상일 수 있으나 사유하는 운동체로서 나는 존재하지 않을 수가 없다. 대상화된 존재가 아니고 主體로서 있는 나를 말한다.

인간의 사유는 빛과 같다. 빛으로 세계를 볼 수 있듯이 인간은 사유를 통하여 세계를 본다. 빛에 색이 있는 것 같이 사유하는 論理라는 색이 있다. 사유되는 모든 대상은 논리의 색깔로 나타난다. 思惟에는 다섯 종류가 있다

첫째는 인간의 신성(身性)에서 나오는 사유로써 모든 물질세계의 질과 양을 비교하는 비량적 사유(比量的 思惟)이다. 이와 같은 비량적 사유에서 다루어진 茶가 품다(品茶)문화라 할 수 있다. 차를 따서 만들고 물을 끓여 차를 우려 마실 때에는 정성(精誠)과 청결(淸潔)을 근본으로 하고 茶를 마시는 정신은 검소(儉素)하고 德望을 기본으로 한다.

둘째는 인간의 영성(靈性)이 주체가 되고 신령(神靈)을 객체로 하는 신비적 사유(神秘的 思惟)이다. 이와 같은 신비적 사유에서 나온 茶를 헌다(獻茶)라고 한다. 헌다는 차를 매개로 하여 인간의 영성과 신령의 영성이 서로 교감하는 장이라 할 수 있다. 獻茶에는 숭경(崇敬)의 자세를 바탕으로 하고 아욕(我欲)을 떠난 무아(無我)의 마음을 근본으로 하여야 한다. 無我의 마음이라야 無我의 신령과 교감할 수 있기 때문이다.

셋째는 인간의 족성(族性)에서 나온 윤리적 사유(倫理的 思惟)가 있다. 주객간(主客間)에서 이루어지는 眞茶는 윤리적 사유에서 나온 茶 문화다. 진다의 외형적 자세는 공(恭)과 예(禮)와 온(溫)을 기본으로 하고 내면의 정신은 경(敬)의(義)정(情)을 근본 정신으로 한다.

넷째는 인간이 독립되어 있는 개체(個體)에서 나오는 반성적 사유(反省的 思惟)가 있다. 이것을 자각적 사유(自覺的 思惟)라고도 한다. 자각적 사유에서 나온 茶문화가 禪茶 또는 冥茶라고 한다. 명차는 정좌(靜坐)를 기본자세로 하고 三昧를 기본 정신으로 한다.

다섯째는 인간은 오관(五管)을 가지고 있는 감각체(感覺體)이다. 이 감각체에서 감성적(感性的)사유가 나온다. 茶는 생활에서 사용되는 모든 다기구와 다실, 다원, 다정 같은 모든 감성적 사유에서 나온 깍다 喫茶문화란 한다.

깍다의 기본자세는 상물적정(賞物適情)으로 하고 소요좌망(逍遙坐忘)의 경지에 이른다.

오성다도 본체는 **1. 품다 2. 헌다 3. 진다 4. 선다 5. 끽다** 이다.

* 오성다도 교육

▲ 3년간 교육을 마치고 수료식

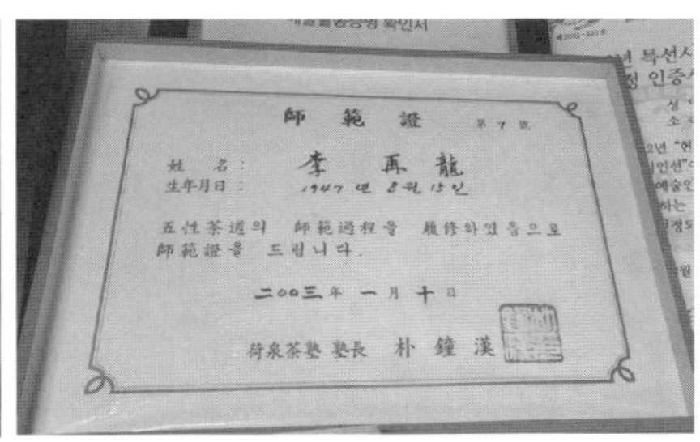

▲ 수료식 때 받은 사법증

2. 오성다도 淵源

차를 생리적 욕구나 약용으로만 마시는 것이 아니라 일정한 의식을 통하여 마시는 법이다. 차를 마실 때 행동의 내면세계를 깨치고 이것을 반복하면서 품성을 도야하는 것을 다도(茶道)라고 한다.

동양에서는 옛부터 天地人의 삼위사상(三位思想)이 있었다. 天는 하늘에서 나오고 人은 地에서 나오고 天은 人에서 자각

된다. 천지인이 운용될 때에는 陰陽의 이기(二氣)로써 순행된다. 이와 같은 천지인의 삼위사상을 오강사유(五綱思惟)의 논리로 조명하면 다음 도표와 같은 五性茶道의 원리도가 나온다.

천지인의 삼위사상과 음양이기사상, 오강사유의 논리, 오행다법을 조합한 것이 오성다도이다.

· 오성다도 교육에 향운 이재용

3. 오성다도와 오행

1) 五性
(1) 신성(身性) : 음다(飮茶) 또는 품다(品茶)는 차로서 인간본성의 논리적사유로 신성을 배양한다.
(2) 영성(靈性) : 헌다(獻茶)는 靈性을 배양한다.
(3) 족성(族性) : (進茶)로 敬義 禮로 족성을 배양한다.
(4) 자성(自性) : (點茶)로 자각으로 心性을 배양하는 冥茶이다.
(5) 감성(感性) : 끽다(喫茶)로 풍류로서 감성을 배양한다

위 오성에서 本性을 배양함으로 마음을 안정시키는 수양 방법으로써, 調身 調息 調心의 수련으로 몸과 마음을 배양한다. 茶를 통하여 모든 천지인의 바탕으로 하나가 되는 것이다.

2) 행다 찻자리
(1) 먼저 다연이 시작되기 전 다실 다원 내외를 정리정돈하며 손님과 계절에 따라 분위기를 만든다.
(2) 행다는 몸과 손의 동작은 조신 조식 조심의 순리대로 운용

한다. (즉 손이 나갈 때는 날숨 손이 들어올 때는 들숨을 하면서 한 동작마다 단전에서 시작한다.) - 일쉼

(3) 행다는 소리 느낌 색 향 맛의 다섯 가지 감각을 통하여 차를 즐긴다.

(4) 행다가 끝나면 다기를 감상하고 감성 어구를 휘호 하기도 하고 자기의 감성, 서로 간에 경의를 표하고 마무리한다.

(5) 차 우리기

① 차상 차림은 좌뇌 우뇌를 발달하는 기본으로 상차림을 한다.

② 어린이 행다 시는 고대잔을 사용함이 좋다.

③ 어린이의 손놀림은 가능한 인체공학적인 방법으로 함이 좋다. (인체의 발란스를 유지하도록)

④ 찻자리 시 퇴수기 위치를 좌측에 놓음으로써 찻잔을 사용하기가 편리하다.

⑤ 모든 행다 시 소리의 느낌, 촉각, 색, 향, 맛을 오감으로 차를 즐긴다.

⑥ 기타 방법은 일상 사용하는 것으로 한다.

♤ 오성다도와 한국다도대

차상 차림 비교

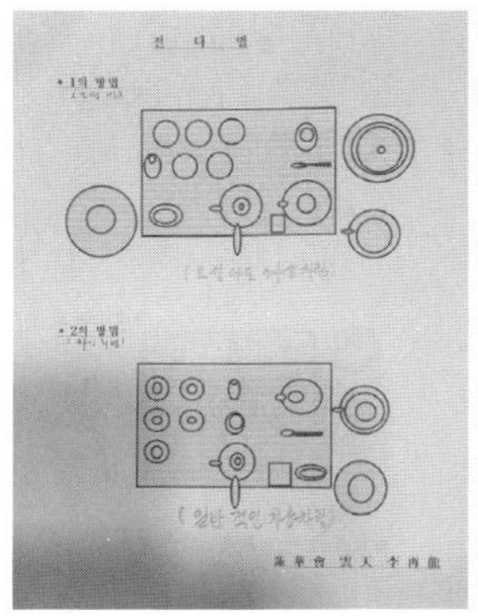
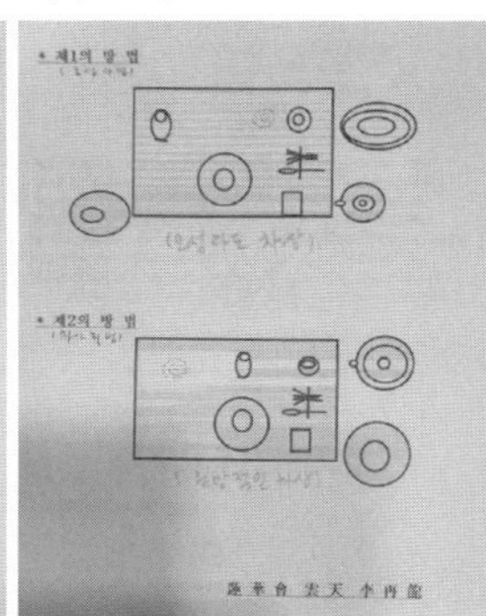
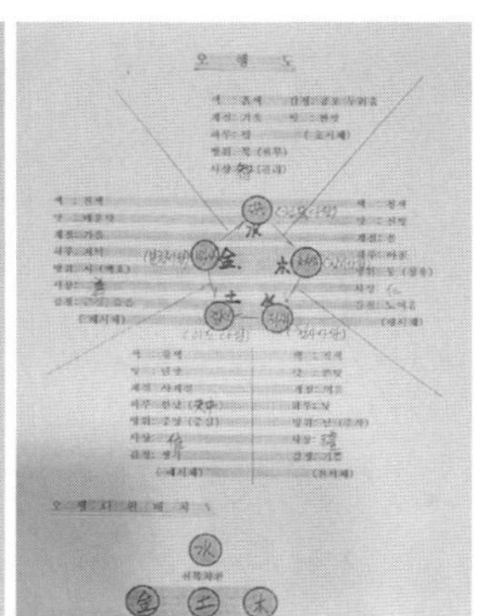

4. 오성 다게(五性 茶偈)

1) 신성(身性)
품수탕후지중정(品水湯侯至中正)
일구음다승백질(一甌飮茶勝百疾)
- 좋은 물 가려 알맞게 찻물을 끓여 중정 얻어, 한 사발 차를 마시니 백 가지 지병이 모두 물러가네.

2) 영성(靈性)
감사기 도피감로(感謝祈 禱被甘露)
합장헌다상흠향(合掌獻茶尙歆饗)
- 감사한 마음으로 기도드리고 합장으로 헌다하니, 신령이 즐겁게 드시고 은혜 가득 내려 주시네.

3) 족성(族性)
경의 정심 현용언(敬義情心顯容言)
화식진다 무빈주(和息進茶 無賓主)
- 경의 정의 뜻을 포점과 말로 나타내며 인사드리고 호흡을 함께하면 차를 주고받으니 주인과 손님이 따로 없구나.

4) 자성(自性)
조신 조식 조심처(調身 調息 調心處)
오감점다 청적개(五感點茶 淸寂開)
- 몸과 호흡과 마음을 다스려 다섯 가지 감각으로 차를 마시니 비로소 고요한 마음이 열리네.

5) 감성(感性)
무문천지소요유(無門天地逍遙遊)

상풍끽다승화신(賞風喫茶昇華身)
 - 하늘과 땅 사이에 본래 문이 없으니 풍류를 즐기며 차를
마시니 몸과 마음이 꽃으로 승화되었네.

5. 茶 頌

1) 品茶 頌
后皇嘉茗有佳緣(후황가명유가연)
相遇天王無量水(상우천왕무량수)
品茶精行至儉德(품다정행지검덕)
健靈相併勝醍好(건영양병승제호)
 - 해설
신선이 산다는 고사산의 산신 후황이 사랑하는 차나무가 인
연따라 천왕산자락 옥수와 만나게 되었네. 차를 만드는 어려
움에도 정성을 다하면 儉德의 성품을 얻게 되고 차와 물의 中
正으로 탕차를 하게 되면 제호의 맛보다 좋은 맛을 얻게 된다.

 ·후황(后皇) : 后土神을 가리키는 말로서 즉 토지신.
 ·건영(健靈) : 건은 물이요, 영은 차를 가리키는 말.
 ·제호(醍晧) : 우락 위에 엉킨 기름의 맛으로 좋은 것을 말
함
 ·천왕산 : 고성군 상리면에 있는 산. 지금은 무량산이라
고 함.
 ·옥수 : 천왕산에서 흐르는 물
 ·品茶 : 九難과 사향의 노력으로 차를 만들어 모든 다법으
로 차를 우려 행하는 차를 말한다.

6. 五性茶道 行茶 頌

1) 사람은 육체적 존재이다

육체적인 성품을 身性이라 한다. 身性배양을 위한 飮茶이다.

☆ 飮 茶 頌

儉德 飮茶 養精氣 健靈 相倂 勝醍好

　- 검소하고 너그러운 마음으로 차를 즐기니 심신의 정기를 얻었 물과 차 맛이 어울리게 되니 그 맛이 제호의 맛보다 좋구나.

　·儉德 : 검은 줄이고 덕은 베풀다는 뜻이다.

　·精氣 : 정은 영양물질이고 기는 생체의 에너지입니다.

　·健靈 : 물맛은 건이요 차 맛은 영이라고 한다.

　·相倂 : 중화나 중용을 이룬 생태

　·醍好 : 세상에서 제일 좋은 맛.

　(옛날 인도에서 용락을 제호라 하였다, 불경 중에 으뜸가는 경을)

2) 사람은 靈的 존재이다.

영적인간의 성품을 영성이라 한다. 영성배양을 위한 헌다.

☆ 獻茶 頌

誓願 獻茶 對越神(서원 헌다 대월신)

滿庭 甘露 被稚蘭(만정 감로 피치난)

　- 지성으로 소원을 빌면서 헌다를 하니 신영과 교감이 되어 모든 자손들에게 선영의 은혜가 가득하구나.

　·서원 : 소원을 비는 축문 또는 제문을 써서 지성으로 신영에게 올리면서 기도하는 것.

　·대월신 : 신영과 교감하는 것.

・만정 : 온 세상 또는 후손들의 가정.
・치난 : 자손, 중생.

3) 사람은 사회적 존재이다.
사회적 인간의 성품은 족성이라 族性배양을 위한 進茶이다
☆ 眞 茶 頌
和 息 進 茶 無 賓 主(화 식 진 다 무 빈 주)
恭 敬 禮 義 溫 柔 宴(유 경 예 의 온 유 연)
- 진다하는 곳의 모든 사람이 숨을 같이 맞추니 주인과 손
님이 한마음이 되어 그리고 차 잔치 자리에서 공경과 예의와
온유의 마음으로 가득 차 있다.
・화신 : 주인이 행다할 때 호흡을 같이 한다는 말임.
・무빈주 : 주인과 손님이 따로 없는 자리로 주객이 서로 마
음이 하나가 되는 자리.
・공경 : 나를 낮추고 상대를 받드는 외형적 모습을 恭이라
하고, 내적 마음을 敬이라 한다.
・예의 : 바른 자세를 갖추는 것을 禮라 하고, 안으로 바른
마음을 義라고 한다.
・온유 : 사람에서 따뜻하고 친절한 자세와 모습을 柔이라
하고, 따뜻한 마음을 溫이라 한다.

4) 사람은 개체적 존재이다.
개체적인 인간의 성품은 自性이라 한다. 自性배양을 위한 點
茶 교육은 수행의 자세입니다.
☆ 點 茶 頌
正 坐 點 茶 淸 寂 時(정 좌 점 다 청 적 시)
五 感 圓 融 開 花 智(오 감 원 융 개 화 지)

- 바른 자세로 점다를 하니 마음이 맑고 고요해 차에서 느끼는 오감이 서로 어우러져 지혜의 꽃이 열리네. 즉, **오감이 하나 되니 지혜의 꽃을 피운다는 말. 지혜를 깨친다.**

· 정좌 : 바른 자세(正中姿勢)
· 청적 : 마음이 맑고 고요함
· 오감 : 소리 감촉 색 향 미(맛)
· 원융 : 원활하게 조화롭고 융통
· 개화지 : 지혜가 열린다.

5) 사람은 感覺的 존재이다.

감각적인 인간의 성품은 感性이라 한다. 감성을 배양하기 위해 喫茶를 통하여 이루어진다.

☆ 喫 茶 頌

賞 物 喫 茶 遊 風 流(상 물 끽 다 유 풍 류)

林 巒 靑 苔 一 枝 間(림 만 청 태 일 지 간)

- 푸른 이끼낀 작은 언덕의 한 칸짜리 집에서 차를 나누면서 풍류를 즐긴다.

· 상물 : 性理學의 格物至知는 중리를 통하여 사물의 위치를 깨치는 것인데 賞物은 자연과 인간이 만든 모든 것을 감상하면서 정서를 순화시키는 것을 말한다.

· 일지간 : 나뭇가지로 만든 작은 집.
· 림만 : 숲에 싸인 작은 산
· 청태 : 푸른 이끼
· 풍류 : 자연 속에 놀면서 모든 긴장과 갈등을 떨어버리고 노는 것.
· 끽다 : 차의 예술세계를 즐기는 차 생활이다.

즉, 차를 즐기면서 茶器를 감상하고 다실과 정원의 감상과 茶

詩와 같은 文學적 풍류를 茶禮로 茶樂같은 풍류의 세계를 통하여 근심과 근태를 벗어나 차를 즐기는 생활을 喫茶라고 한다.

7. 五行 茶碗 感想法

오행다완과 말차의 조화로 다완에 대한 미적감각을 연마하고 말차의 오묘한 맛을 시각과 색을 음미하는 공부이다
1) 천목다완(흑색)과 말차의 조화
검정과 녹색의 단색 조화로써 안정된 정서를 낳게 하고 말차의 맛은 신비하고 유현(幽玄)한 맛을 느끼게 한다.
· 오행으로는 수성, 흑색, 초서체.

2) 요변다완(청색)과 말차의 조화
청색과 녹색의 보색(補色)조화로서 말차의 녹색을 선명하게 하고 신선한 맛을 느끼게 한다.
· 오행으로 목성, 청색, 행서체.

3) 철사다완(적색)과 말차의 조화
적색과 녹색의 보색조화로서 동(動)적인 정서를 낳게 하고 신맛을 느끼게 한다.
· 오행으로 화성, 적색, 전서체.

4) 이도다완(황색)과 말차의 조화
황색과 녹색의 유사색의 조화로서 말차의 색을 선명하게 하고 달콤한 맛을 느끼게 한다.

· 오행으로 토성, 황색, 예서체.

5) 분청다완 (백색)과 말차의 조화
백색과 녹색의 단색조화로서 정(靜)적인 정서를 낳게하고 말
차의 고소한 맛을 느끼게 한다.
· 오행으로 금성, 백색, 해서체.

♡ 오행다완

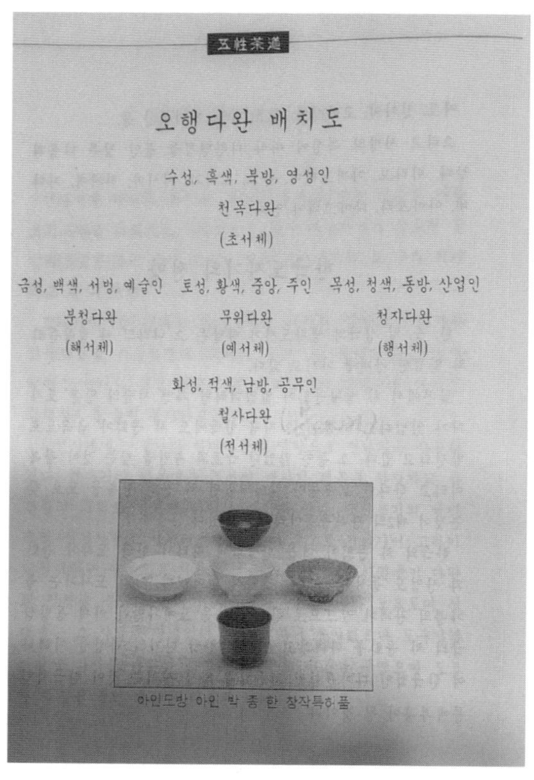

8. 오행다완의 美

▲ 수성 : 검정색(천목다완), 북쪽.

▲ 목성 : 청자다와, 동쪽.

▲ 화성 : 진사다완, 남쪽.

▲ 토성 : 이도다완, 중앙.

▲ 금성 : 백자다완, 북쪽.

9. 완(碗)의 미(美)란?

근세기 합리적 철학의 아버지라고 불리는 독일 철학자 칸트는 인간의 객관적 인식과 도덕과 미학에 대한 근원을 세웠다.

인간의 객관적인 인식의 한계는 자연 세계를 벗어날 수 없다고 하였다. 그리고 도덕은 인간의 자유정신에 근원을 두고 실천하는 세계는 인간이 살고 있는 현 세계이며 자유는 자연 속에 있는 합리적인 목적이라 하였다.

그리고 미(美)는 인간의 쾌감에서 나오는 관념이며 이 쾌감은 표상(表象)과 관상(觀想)하는 인간의 본성에서 나온다고 하였다.

중국과 한국, 일본의 동양 삼국에서는 옛날부터 美는 인위적인 기교에 있는 것이 아니고 외형으로는 단순하면서 소박하고 내면은 세월에 풍화된 자연미에 있다고 보았다. 차를 마시는 다완도 외형적 모양이 기운생동하는 자연적인 선과 풍화된 자연의 질감을 지닌 사발을 선호하였다.

이와 같은 사발을 무애발(無碍鉢) 또는 무위발(無爲鉢) 공심발(空心鉢)이라고 작명하여 본다. 일본 차인들은 다완의 소박한 모양을 와비라하고 다완의 옛스러운 질감을 사비라 하며 이와 같은 미의식은 모든 다기구와 차실과 정원에도 적용되어 일본의 독특한 미의 세계를 창출하였다.

1) 동양과 서양의 다기의 미의식

동양은 옛부터 음료 문화가 있었다. 서양은 근세에 와서 동양에서 차문화를 도입하여 홍차 문화를 개척하였다.

동양인은 차의 쓴맛 속의 다향을 즐겼으면 서양인의 차의 쓴
맛을 뺀 홍차에 설탕을 넣어 마셨다. 그리고는 다기는 은제를
최고로 삼았다. 도자기로 된 다기를 쓸 때는 백자에 색화를 그
린 것을 좋아하였다.

이와 같은 감각적이며 심미적인 서구인의 미의식에 비교하
면 동양인은 차의 쓴맛 속에 다향의 향취를 즐기는 자연적이
며 탈속적인 기호가 있었다. 따라서 다기에 대한 기호도 자연
색인 청자나 소박한 백자나 향자(鄕磁)를 좋아하였다. 그리고
인공 보석이라 할 수 있는 도자기의 요변을 선호하였다.

이와 같은 동양인의 도자기 미의식은 서양인의 보편적이고
합리적인 미가 아니라 각 개인의 개성에서 나온 주관적 미 의
식이라 하겠다. 획일적인 귀금속의 미보다는 흙에 따라 속살
이 다르고 유약에 따라 요변이 생기고 도공에 따라 기운 생
동감에 다른 개성적인 다기의 심미각이 동양인의 미의식이
라 하겠다.

2) 한국다기의 특징

신라시대 다기의 특징은 신라의 탕차로 하는 다풍에 따라 토
기사발을 다완으로 사용하였다.

경주 안압지에서 출토된 정언차(貞言茶)라는 글이 쓰여져
있는 토기사발이 그중의 하나라 볼 수 있다. 고려시대에는 신
라의 말차로하는 다풍의 영향으로 청자와 천목다완을 사용하
였다.

고려의 독보적인 흑백상감비색청자 다완은 송나라 사신 **서**

궁이 쓴 고려 다경의 다기편에 의하면 고려청자를 높이 평가하고 있다.

조선시대에는 명나라 전다다풍의 영향으로 전다기를 사용하였다. 전다기의 종류에는 조선의 백자가 대부분 차지하고 차 생활의 쇠퇴로 인하여 뛰어난 다기가 없었다. 조선 초기의 서민들의 식기 사발로 사용되었던 것이 일본으로 건너가 고라이 다완이라는 이름으로 사용된 것은 모두가 일본 차인들이 다완의 명칭을 붙였던 것이기 때문이다.

무로마치와 도요토미 시대에는 그 사발을 만들었던 지명을 따서 붙여왔으나 도구가와시대에 와서는 다완의 특징에 따라 그 이름을 붙였으며, 도요지 지명을 붙인 다완은 다음과 같다. 이도, 긴가이, 고마가이, 호죠, 무안, 게이류산 등...

그리고 사발의 특징에 따라 다완명칭을 붙인 것은 다음과 같다. 이라보,가끼노헤, 한스, 고비기, 미시마, 하게메, 가다네, 아마모리, 다마고데가 있다.

3) 한국다기의 전망

한, 중, 일 삼국의 생활 도자기 발달은 그 나라의 茶 생활 문화와 밀접한 관계를 가지고 있다. 일본의 차 생활 문화가 없었더라면 과연 지금의 일본 도자기가 있었다고 하겠는가?

지금 한국에도 차 문화가 급속도로 발전하고 있다. 그동안 잃었던 국토와 주권을 찾는 것이 광복이라고 한다면 오랫동안 잃어버렸던 차 문화 전통을 도로 찾는 것이 제2의 광복운동이라 할 수 있다.

한국의 차 문화가 더욱 발달함에 따라 한국 도자기 문화와 산업도 동시에 발전될 것이라 믿어진다. 차와 도자기는 불가분의 관계가 있으므로 한국의 젊은 도예가들이 이제 동양삼국의 차 문화를 이해하고 여기에 한국다기의 특성을 이해하여 한국적인 다기문화와 차문화를 발전시키는 것이 한국적인 차 문예부흥이 될 것이다.

☆ 오성다도 교육

　　도자기의 아름다운 美學

10. 茶의 맛은?

1) 색(色)

茶는 맑고 푸르러하여야 가장 좋은 물빛이 되고 여린 쪽빛에 하얀빛이 도는 것이 아름다우며, 黃, 黑, 紅, 昏은 빛의 품위가 낮아 모두 불합격이다. 잔에 눈발이 떠오르는 물빛은 상(上)이다. 파르스름한 것은 中, 누르스름한 물빛은 下品이다. 깨끗한 샘물에 활활타는 숯불로 정성 들여 茶를 다리면 청취한 茶 빛이 잔 위에 절기(絶技)를 늘리어 다홍(茶紅)을 한층 돕는다.

(풀이 : 대관다론(大觀茶論)의 色에, 茶는 순숙탕(純熟湯)에 달여낸 차빛이 순백색일 때 가장 좋은 진색이라 한다고 하였다. 청백색은 순백색의 다음이고 회백색은 청백색의 다음이며, 황백색은 회백색의 다음이다. 맑고 따뜻한 날씨를 골라 노력에 열중하면은 반드시 순백색이 나타낸다.

2) 향(香)

향에는 진향(眞香), 난향(蘭香), 청향(淸香), 순향(純香)이 있다.
안팎이 똑같은 것을 純香이라 하며 설지도 너무 데쳐지지도 않
은 것은 청향이라 한다. 불김이 덜한 것이 난향이며 곡우 전 충분
하게 다신이 갖추어진 것을 진향이라 하고, 또 함향(含香), 누향
(漏香), 간향(間香) 등은 모두 좋지 못한 향기이다.

3) 맛

茶의 맛은 풍미(風味)라고도 하였으며 대체로 달다는 표현을
많이 하였다.

고려 중엽의 김극기(金克己)는 말차를 마시며 **꽃무늬 차뚝배
기**에 흰 젖이 뜨네 향기롭고 달콤하니 맛이 참으로 좋구나 라고
하였고 김시습은 솥 속의 달콤한 차가 황금을 천하게 한다라고
했으며, 신위도 좋은 차맛이 달다고 하였고 김명희는 차의 맛이
젖보다 좋다고 했다. 근세의 효당 최범술은 **간이 잘 맞게 된 차
의 맛은 들브드레하다**고 했다. 또, 차의 맛을 제호와 감로에 비
유 하였다.

제호란 우유를 소로 만들고 그것을 다시 가공하여 만든 황백색
의 달콤한 액체이다. 감로는 나라가 태평하면 하늘에서 내린다는
단 이슬로, 진딧물이 단풍나무나 터갈나무 등의 잎에서 탄수화물
과 단백질을 흡수하여 포도당이 많은 달콤한 즙을 만들어 배설한
것이 잎에서 떨어진 것이라고 하는 주장도 있다.

이색은 차맛을 감각적인 데에 치중하지 않고 **참되다**고 표현하
기도 했다. 차의 맛을 결정하는 성분으로는 단 감칠맛 나는 아미
노산류, 쓴맛나는 카페인, 떫은맛의 탄닌 외에 단맛의 당류, 신맛
의 유기산류가 있는데 이러한 것들이 복합적으로 어우러져 독특
한 차 맛을 내게 된다.

또한 차의 맛은 차의 종류와 물맛, 숙수의 온도 우리는 시간 등에 따라 다르므로 좋은 차맛을 얻으려면 세심한 주의와 정성을 요한다. 또 같은 음식이라도 음식의 온도에 따라 맛이 다른데, 차탕은 50~60° 정도일 때 차의 풍미를 가장 좋게 느낄 수 있다.

또한 차의 맛은 마시는 사람의 건강 상태나 기분에 따라 조금 달라진다. 좋은 차 맛은 **싱그러운 젖 맛이나 감칠맛이 나며 입안의 뒷맛이 오래도록 감미롭다.**

발효차는 마신 후 목 주위가 시원해지는 것도 있다. 어떤 사람은 차의 맛에 오미가 있다고 하며 인생의 맛에 비유하기도 한다. 아무리 맛없는 차라도 새겨 맛보면 그 속에 은근한 맛이 조금은 있게 마련이다. 차의 차맛에 익숙해지려면 상당한 세월이 지나야 한다. 처음 2~3년간은 맛이 없어 일주일에 두세 번 마시다가 나중에는 차 맛이 좋음을 알게 되고 다른 기호음료를 자연히 멀리하게 된다. 그때부터는 좋아하는 성향과 행동양식도 조금씩 달아질 수 있다. 차 맛에 길들이기 쉽지 않으므로 어릴 때 다른 음료를 주지 말고 황차나 발효차를 끓여서 음료로 마시거나 가족이 모두 모인 찻자리를 자주 마련하면 혼자서도 차를 즐길 수 있게 된다.

차는 마시면 몸에 여러 가지로 이롭고 건강한 생활을 즐기는 데 좋은 벗이 될 수 있다.

☆ 오성다도 수업중에

茶의 미학 3품.

11. 茶道三分法. (喫茶의 아름다운, 去·遊·來 차문화)

茶道三分法이란 끽다 생활을 삼분법에 맞게 함으로써 정신과 육체를 건강하게 함은 물론 차 생활에 있어서 녹차를 효과적으로 음용할 수 있게 하는 방법을 말한다. 옛부터 셋, 삼이라는 숫자의 의미는 우리 겨레의 오랜 경험에서 얻은 깊은 철학적인 뜻이 담겨 있다고 하겠다.

우리 민족에 있어 天, 地, 人의 삼재(三才)와 天愛, 地愛, 人愛의 三愛와 創造, 發展, 榮達과 그리고 茶人이 갖추어야 할 三德目인 어질고(仁), 예의 바르고(禮), 지혜로움(智)을 뜻하기도 한다.

이와 같이 삼이라는 숫자는 小宇宙를 의미하며, 사람(茶衆)이 하늘과 땅 사이에서 삶(차문화 생활)을 영위함을 뜻한다. 우리의 전통 다도는 찻일에서도 中正을 얻어야 하는데, 그것은 **물의 온도·차의 양·우리는 시간**이 알맞게 되어야 함을 말하며, 또한 理想的인 喫茶의 경우에는 하루의 飮茶量을 **아침·점심·저녁**의 3회에 아홉 잔 정도 마시되, 차의 양을 3번 모두 다르게 (3:2:1)의 비율로 하고 첫째 잔(初湯)은 香으로 둘째 잔(再湯)은 맛(味)을 셋째 잔(三湯)은 신령스러운 약(靈藥)으로 마신다.

차를 우려 낼 때는 끓인 물(湯水)을 약간 식혀서 하되, **첫물 우림·두물 우릴·끝물 우림** 즉 3회의 차우림 시간을 모두 합쳐 13분 정도로 하며, 茶器를 예열할 때도 찻잔이나 차 따르게(茶量器. 茶注器)에 이르기까지 가볍게 세 번을 돌려 헹구어 내는데 이것은 **차의 위생 또는 다기의 청결과 다기의 따뜻한 촉감과 다인의 정성을 다하기 위함**이다.

그리고 행군 다기를 차수건(茶巾)으로 닦을 때도 부드럽게, 세 번을 닦는다. 茶 넣기(投茶法)에 있어서도 겨울에는 차를 먼저 넣는 하투 여름에는 탕수를 먼저 붓고 茶를 넣는 상투 봄 가을에는 탕수를 절반 붓고 차를 넣어 다시 탕수를 채우는 중투로써 곧 (三投法)을 사용하며, 다관(茶罐)에서 잘 우려낸 찻물은 찻잔에 **세 번** 골고루 나누어 따른다. 이렇게 균등하게 따름은 찻물의 온도와 양과 찻맛을 같도록 하기 위함이며, 이것은 **평등 · 화합 · 사랑**을 의미하기도 한다.

마실 때도 **세 번** 조금씩 나누어 소리 나지 않게 마시되 입속으로 고루 스며들게 혀로 찻물을 세 번을 굴리듯이 마시며 매회 때마다 세 잔(첫 순배, 두 순배, 세 순배)씩 마신다.

또한, 차를 따를 때는 **茶와 물과 불** 그리고 眞味 · 眞香 · 眞色의 삼진(三眞)이 조화를 이루도록 성의를 다해야 하고 차를 우리는 동안이나 마시기 전에는 다기(茶器)의 행태미, 차솥(湯罐)에서 물 끓는 소리, 찻물 따르는 소리를 감상한다.

그윽한 차 맛을 얻기 위해서는 기술적 측면이라고 할 수 있는 **방법과 솜씨와 행동**의 세 가지 터득이 뒤따라야 하고, 茶 五味인 **쓴맛, 떫은맛, 신맛, 짠맛, 단맛**이 골고루 융합된 **유다 일미**(幽茶一味)와 五感에 속하는 **시각 · 청각 · 후각 · 미각 · 촉각**과 茶의 다섯 가지 마음(茶五心)인 **정직한 마음 · 겸손한 마음 · 반성하는 마음 · 봉사하는 마음 · 행복한 마음**을 가지고 편안하게 마시되 **의식 · 자세 · 호흡**의 삼 요소가 잘 갖추어져야 한다.

또한, 음용 문화에서 차의 묘미는 **다인의** 性情과 **탕수의 온도와 차의 양** 혹은 眞心**과** 眞茶**와** 眞行의 三位 一體가 이루

어질 때 비로소 喫茶 境地에 몰입할 수 있다. 그리고 차의 味·香·色을 감상하거나 평가하거나 음미를 할 때도 세 가지 기준, 즉 눈과 코와 입의 순서로 하게 된다.

茶를 마실 때의 바른 몸가짐은 禮義와 人格과 感謝의 상징으로 **첫 번째** 한 모금에는 찻잔을 가슴 위치(上)에 두고 가볍게 고개를 숙여, 다기의 촉감과 더불어 눈으로 은은한 색을, 코로는 그윽한 향을 감상한 후 마시고, **두 번째**의 한 모금에는 배의 위치(中)에 찻잔을 양손으로 가볍게 들어 올려 **혀와 목과 가슴**으로 심오한 맛을 음미하여 마시고, **세 번째** 남은 한 모금에는 찻잔을 배꼽 위치에 두고, 조상님과 모든 분, 나아가 자기 자신에게까지 감사한 마음으로 마신다. 그리고 난 후 배꼽 밑(下) 부분에 양손이 천천히 내려오도록 한다.

아무튼 오늘날과 같이 바쁜 현대 생활에서 우리의 전통 차문화를 다 지킨다는 것은 다소 어렵다는 느낌이 들 수 있으나, 진정한 차인이나 차동호인이라면 한 번쯤 생각해 볼만 하다.

그리고 어디까지나 차의 禮法은 오랜 차 생활에서 유래된 필연성이 가져다준 것이기 때문이다. 茶精神을 그대로 보존하면서 오늘의 차문화를 올바르게 정립하기 위해 꾸준히 노력한다면 한층 더 발전할 수 있게 될 것이다.

또한, 우리의 茶道는 언제나 자연스러움 속에서 신성한 수양과 엄격한 헌다의 개념으로 진행되는 일종의 차 의식임을 이해한다면, 아무렇게나 되는 대로 마시기보다는 몸과 마음을 바르게 하면서 (喫茶儀式)을 존중하는 것이 바람직하다 할 것이다.

또, 차 손님이 계시면 다담이나 덕담을 나누는 가운데 다구 기타 등을 감상하면서 相交의 아름다운 멋(喫茶 遊)을 지닐 수 있다면 더욱 좋은 차문화의 멋을 지닐 수 있을 것으로 믿습니다.

(喫茶來 · 喫茶遊 · 喫茶去).

 * 오성다도 교육 수업, 차문화 연구가 崔丘山중에서

12. 茶道 정신

우리나라 차인들은 행다법에 대해서는 많이 배우려고 가르치려고 한다. 그러나 다도 철학 즉, 차의 정신에 대해서는 알려고 하지 않는다. 음료수로만 차를 다룬다면 행다법을 익히는 것으로 충분하겠지만, 茶道라는 말을 사용하게 되면 행다법이나 차의 성분, 차 종류나 다기에 관해서만 배워서는 안 된다.

茶道란 철학, 道이다. 마시는 음료인 차에 의미를 부여한 것이다. 茶를 상징으로 삼고 그 상징이 갖는 정신세계는 무엇인가 하는 것을 옛부터 지금까지 말해 왔다. 즉. 물은 생명이다. 물 없이 사람은 살 수 없다. 그러므로 茶도 생명이다. 茶는 마시는 음료로서만 존재하는 것이 아니다. 그러면 茶가 상징하는 것, 즉 茶가 상징하는 성질은 무엇인가, 이것은 동양 삼국에서는 茶道라고 말한다.

道란 길이란 뜻도 있지만 방법이란 의미도 있으며, 순수하여야 할 德이나 만물의 근원이란 의미도 가지고 있다. 茶道라고 말할 때 그것은 차가 내포하고 있는 의미로써의 德이나 근본은 무엇인가 하는 것이고, 그 德이나 根源 곧 차의 정신을 의

미하는 것 茶道란 하나의 상징이다. 우리 조상들이 관혼상제의 예법에 차를 사용한 것을 보아도 차의 상징성을 이해할 수 있다.

중국의 다도 정신은 육우(733~804년)가 **다경**에서 말한 **정행검덕**(精行儉덕)이다. 茶人은 행동을 바르게 하고 생활은 검소하고 순수하며 성품은 덕스러워야 한다는 것을 의미한다.

日本의 다도 정신은 센리큐(千利休, 1522~1591년)가 말한 **화경청적**(和敬淸寂)이다. 茶人은 **서로 화목하고 존경하며 깨끗하고 고요한 마음을 가져야 한다**는 것이다.

韓國의 다도 정신은 초의 장의순(草依 張意恂, 1786~1866년)이 **동다송**에서 말한 中正의 정신이다. 초의는 〈東茶頌〉에서 **체신수전유공과 중정 중정불과건령병**(體神雖全猶恐過中正 中正不過健靈倂)이라고 했다. 이 뜻은 차의 근본인 몸(體)과 차의 싱그러운 기운(神氣)이 비록 온전하다 할지라도 오히려 중정을 지나치면 못 쓰게 된다. 중정이란 우려낸 차의 빛깔이 좋아야 하고 (健) 차의 간이 함께 잘 맞아야 한다 (靈)는 것이다.

동다송보다 먼저 쓰여진 〈다신전〉의 포법(泡法)에서는 중정의 방법으로 차를 우려내는 것을 발견할 수 있다.

다다과의작 불가과중실정 차중측 미고향침 수승측포창기과(茶多寡宜酌 不可過中失正 茶重側 味苦香沈 水勝側包淸氣寡)의 뜻을 풀이하면 다음과 같다.

茶 주전자에 차를 넣을 때 차가 많지도 적지도 않게 알맞게 넣어야 한다. 중정은 지나치거나 적당치 않으면 안 된다. 차의 잎을 많이 넣으면 차 맛이 쓰고 차 향기는 가라앉는다. 물이 많으면 우려낸 차의 빛깔은 맑고 차 향기는 부족하다. 차는 간이 맞

게 우려내야 한다. 이것을 초의는 **동다송**에서 中正이라고 표현했다. 그러므로 한국 다도의 정신은 中正에서 비롯되었다고 해야 할 것이다.

〈중정은 무엇을 의미하는가〉 차인은 모든 것에 지나쳐도 안 되고 부족해도 안 되는 것을 의미한다. 이것은 자신의 본분을 지키라는 뜻이다. 차인이라면 제대도 알지 못하면서 자신의 지식을 지나치게 과시하거나, 별로 가진 것이 없으면서 다른 사람에게 부하게 보이려는 허영심을 버려야 한다는 뜻이다. 사람됨에 있어서 과격한 성격이거나 모나는 성격도 중정의 정신에 어긋난 것이다.

차의 맛은 다섯 가지 맛이 융화된 것이다. 즉, 감고산신삽(甘苦酸辛澁)의 맛이 잘 혼합된 상태이다. 이 다섯 가지 맛 잘 혼합된 것을 간이 맞는다고 말하고 이 상태를 중정이라고 한다.

우리는 사람을 평가할 때 간이 맞이 않는 사람을 **싱거운 사람**이니 **시고 떫은 사람**이라고 흔히 표현하는데 이 모두가 차의 맛에서 빌려온 표현들이다. 최근에 와서 우리나라 차인들 가운데 한국의 다도 정신을 중정이 아닌 다른 것으로 주장하는 이들이 간혹 있다.

일본에서는 다도의 파가 여럿 있어도 다도 정신을 **화경청적** 외에 달리 말하지는 않는다. 중국에서도 **정행검덕** 외에 다도 정신을 다르게 주장하고 있지 않다. 우리나라에서 다도 정신을 중정이라고 결정한 내력은 이러하다.

1970년대 정원호 선생이 운영하던 **효동원**에서 원로 차인들이 모여 차의 중흥을 위해 모임을 가졌다. 그때 윤병상(尹

炳相) 교수에게 중국, 일본에는 다도 정신이 있는데 우리나라에는 다도 정신이 정해져 있지 않으니 연구하여 발표하라고 했다.

그래서 1975년에 한국 차의 정신은 **동다송**에 있는 〈중정〉을 채택한 것이다. 그리고 **한국차도회**가 한국에서 처음으로 창립되고 회장에 효당 최범술 스님을 옹립하였다. 그때 정식으로 한국의 다도 정신은 **중정**이라고 채택한 것이다.

그리고 한국차도회가 발전하여 1979년 1월 20일에 한국차인회가 결성되고 한국차인회의 회지격인 **다원**이란 茶 잡지가 창간될 때 한국 차의 정신은 **정중**이란 글을 처음으로 쓰게 되었다.

앞으로 우리 차인들은 한국 차의 정신은 초의선사가 우리에게 가르쳐 주신 **중정**이란 것을 인지해야 한다.

한국 다도 정신은 중정이다

-아인 박종한 교육 중에서.

13. 五感 茶法 이란

1. 五感茶法의 本體 2. 接賓 五感 茶法 3. 五感吟 茶法

1) 五感 茶法의 本體

차인은 自然과 人間이 공존하는 본체로써 자연의 소리. 즉 바람 소리, 새 소리, 물소리, 나무의 속삭임 등 자연이 우리에게 주는 각양각색의 변화 속에서 인간이 느낄 수 있는 감각기관을 통하여 몸과 마음으로 사람이 자연의 사상적 감성을 차를 통하여 自性을 배양함으로 차와 마음이 하나 되고, 인간 본성적 가치를 배양하고 즉, 自我를 熠하여 몸가짐, 호흡, 마음이 동화되어 참

다운 차의 五味를 느낄 수 있기에 이를 五感茶法으로 활용코
저 한 것이다.

즉, 調身, 調息, 調心으로 몸과 마음이 상통함을 인식하여 차
를 통한 진정한 오감을 느끼고 자연이 주는 지혜의 소리를 담
아 자연과 하나 되는 自然一如로 가는 길잡이가 되고자 함이
다. 즉, 茶心一如요. 自然一如라 하겠다.

오감이란 色, 聲, 香, 味, 觸을 담아 우리 감각기능에 일몰할
수 있는 공간적 다법이다.

2) 接賓 五感 茶法

1. 먼저 다연이 시작하기 전에 다원, 다실, 기타 내외를 정리
정돈하며, 손님과 계절에 따라 분위기를 준비한다.

2. 오감다연에 따라 차상을 먼저 정리 준비한다. (손님에 따
라 차상을 준비한다)

3. 행다 시 바른 몸가짐 자세를 취하고 항다를 한다.

(행다 시 자연의 호흡과 같은 방법으로 행위 하나 하나의 움
직임에 따라 들숨, 날숨을 하며 한 동작마다 단전에서 一息을
하고 행한다.)

4. 茶는 오감으로 소리, 잔의 촉감, 차색, 차맛, 차의 향을 음
미하면서 다섯 가지 감각을 통하여 차를 즐긴다.

즉, (다섯 가지 감각으로 느끼면서 팽주와 손님이 여기에 심
취되어 차와 마음이 하나 되어 차로 통한, 자신의 마음을 수
양하는 것이다.)

5. 행다 즉 찻자리가 끝나면 다기를 감상하고 차의 맛, 색,
향, 다연에 대한 감상을 휘호에 적거나 서로 다담을 나눈다.

6. 마지막에 주인(팽주)에 禮를 다하여 서로 인사하고 퇴실
한다.

14. 敬 義 의미

· 內明者敬 外斷者義

사람을 대할 때는 敬으로 마음으로, 밖으로 행동할 때는 義로써 다한다. 서로 배려하는 마음과 존경함과 의로움을 같이 함이 情이다.

이는 현대사회에서 情이 부족하다. 서로 남을 생각하고 도우면서 나눔의 정이 필요하다. 그런 뜻에서 찻잔에 마음의 따뜻한 정을 담아 나눔으로 서로 간에 정을 통하여 敬義를 실천하고자 하는 것이다.

1) 남명조식 경의 정신

敬, 義의 정신은 敬으로 서로 존경하고 남을 배려하고 존중함으로 예를 다함으로써 화목할 수 있고, 義로서 의로움을 다함은 자신이 남을 위해 최선을 다하는 마음가짐이요, 양보 함으로 덕을 쌓으므로써 남을 먼저 생각하는 의리를 의미한다.

이렇게 함으로써 情으로 남을 배려하는 뜻이다.

● 아인 박종한 선생님

　독립운동부터 교육자로 대아중, 고등학교 설립, 茶에 인연을 맺어서, 학생들을 상대로 다도 교육을 시키면서 차와 깊은 관심으로 오성다법 좌뇌 우뇌의 사용법으로 1980부터 가르치고 3년 만인 1983년도에 서울대학교에 68명을 합격시킨 명문 학교로 이름 있는 학교가 된 것은 다도 교육에서 비롯된 것으로 계속 학생들을 위해서 다도실을 만들어 차 교육을 시킨 분이시다.

　즉, 차생활을 생활 문화로 다도 교육을 육성 발전시킨 분이시다. 오성다도와 차와 도자기 차의 사상과 차의 미학을 생활 문화로 가르친 선생님이시고, 또 초의선사의 일지암을 재건하시고, 그리고 현재 한국 차인협회가 1978년에 박동선 씨와 아인 박종한 선생님 외 13명에 의하여 최초로 한국차인회 이름으로 조직되었다.

　이때 처음으로 사단법인 한국차인회가 조직되고 한국차인회 진주지부가 만들어져 진주 차회로 출발하였다. 그러므로 진주가 한국 차 역사의 발상지로 그 중심에 있음을 의미한다.

　이와 같이 아인 박종한 선생의 차에 대한 열정을 확인할 수 있다. 차를 통하여 생활 문화로 이롭게 하고 많은 사람을 아름답게 살아가게 하고자 차 교육을 육성하신 분이다.

　그리고 1981년 차의 날을 정하고 5월 25일 이날을 기념하는 茶의 날을 진주에서 제정선언문을 발포하고 이날을 한국 차의 날로 선포하였다.

차향(茶香)에
스며든 인생(人生)
이재용 제3시집

2026년 3월 3일 초판 1쇄
2026년 3월 5일 발행
지 은 이 : 이재용
펴 낸 이 : 김락호
디자인 편집 : 이은희
기 획 : 시사랑음악사랑
연 락 처 : 1899-1341
홈페이지 주소 : www.poemmusic.net
E-Mail : poemarts@hanmail.net

정가 : 14,000원
ISBN : 979-11-6284-635-3